「本当の自分」殺人事件

水木三甫
MIZUKI MITSUHO

幻冬舎
MC

目次

のぞみの結末

1

　高沢淳美が朝食を作り終えると、それを待っていたかのように夫の光彦が2階から降りてきた。

「おはよう」

「あなた、おはよう」

　食堂の時計はちょうど6時を指している。いつもと同じ時刻。それでも夫が2階から降りてくると時間を確かめてしまうのが、いつからか淳美の習慣になっていた。淳美は淡い水色のエプロンで濡れた手を拭くと、小走りで玄関に向かう。まだ朝早いというのに日差しがすでにまぶしい。郵便ポストから新聞を取り出し、食堂へと戻る。今朝も新聞と変わらない厚さのチラシがはさまれている。淳美はチラシだけを抜き取り、食卓の光彦へ新聞を手渡す。光彦はトマトサラダを食べながら、新聞をゆっくりと読み始める。聞こえるのはフォークと食器のぶつかる音、そして新聞をめくる音くらい。新婚当初は楽しい会話で満ち溢れていたはずの朝の食卓も、今では静けさに支配されていた。

（3年も一緒にいれば、どこの夫婦もこんなものなのかな。それともやっぱり……）

夫が食事をしている間、淳美は向かいの椅子に腰かけて、チラシの束を一枚一枚はがすように眺める。スーパーの安売りチラシに近所の美容院の開店の案内、マンションや墓地の販売用ダイレクトメール。いつも同じようなものばかり。そう思いながらもすべてに目を通す。これも淳美の日課になっていた。

（毎日の決まった儀式のようなもの）

しかし、一通の手紙がそんないつもの習慣を破った。

「あら、これ何？」

淳美は宛名のない白い封筒から中に入っていた三つ折りの紙を取り出した。

『あなたは今、どんな望みを持っていますか？

そしてその望みを叶えるために、あなたはいくら支払うことができますか？

当方ではあなたの望みを叶えるお手伝いをしています。

望みが叶えられなかった場合には料金は一切いただきません。

詳しくは下記連絡先までお気軽にお問い合わせください』

手紙の最後には『のぞみ企画』という会社名と携帯電話の番号が書かれていた。

「なんだか変な手紙が来てる」

淳美が手紙を渡すと、光彦はその内容を二度読み返してから言った。

「新手の詐欺か何かだろう。こんなものは気にしないほうがいい」

光彦は手紙を丸めて、くず箱へ投げ入れた。

「そうね。でも気持ち悪い。うちにだけ来たのかな。後で近所の人にも聞いてみるわ」

そう言って、淳美はくず箱から手紙を拾い上げた。くしゃくしゃに丸められた手紙を丁寧に広げると、淳美は光彦の食べ終えた食器をキッチンに運ぶために立ち上がった。

「今日も残業で遅くなるから、夕飯はいらない」

淳美の背中越しに、つぶやくように光彦が言った。


会社へ出かける光彦の背中が小さくなっていく。淳美は少しの間、光彦の後ろ姿を見送っていた。街路樹のいちょうの緑が日々濃さを増していく。アブラゼミの声が耳の奥まで響く。悪意のこもった8月の湿った生暖かい空気が、淳美の体全体にねっとりとまとわりついてくる。淳美は額の汗をエプロンで拭き取り、親友の遠藤あかねに電話をかけるため家に入った。

「あかね、おはよう。もう起きてた?」

「ああ、あっちゃん？　今起きたところ。こんなに早くからどうしたの？」

「今日、時間があったらうちに来ない？　お昼ご飯でも一緒にどうかな？　ちょっと相談したいことがあるの」

「何なの？　まあ、いいわ。じゃあお昼前にそっちに行くね」

「わかった。お昼ご飯作って待ってる」

「じゃあ、後で」

「じゃあね」

淳美は受話器を置くと、大きくため息をついた。

（幕は切って落とされた。もう引き返すことはできない）

2

淳美が高沢光彦と結婚して、まもなく3年になる。高沢光彦は身長180センチメートルで、日焼けした彫りの深い顔立ちはどこか日本人離れしている。学生時代はサッカー部でキャプテンも務めたスポーツマンで、会社に入ってからはセールス成績で毎月トップ争いに名を連ねるエリート社員へと成長していた。会社からは将来を嘱望されており、そうなれば社内の女子社員のあこがれの的となるのも当然のなりゆきだった。誰が光彦のハートを射止めるかは、いつも職場の話題の一つになっていた。数名の女性が光彦の恋人候補に名を上げていたが、その中にいたのが佐々木淳美と遠藤あかねの二人だった。佐々木淳美は色白でおしとやかな純和風美人。社内のマドンナ的存在でもあった。一方、遠藤あかねは日焼けした褐色の肌がチャームポイントの南国美人だった。やや吊りあがった大きな瞳にはいつも情熱の炎が燃え盛っていて、ときにはどこか相手を挑発しているかのような印象を与えることもあった。見た目も性格も正反対な二人だったが、同期入社で同じ部署に配属されたこともあり、すぐに親しくなった。ランチや仕事終わりのショッピングなど、二人が一緒にいないときはないのではと思えるほどいつも行動を共にしていた。高沢光彦が同じ部署に転勤してくるまでは。

遠藤あかねは、すぐに光彦の本命が佐々木淳美であることに感づいていた。それなのに光彦と淳美は付き合う気配を見せなかった。このチャンスをあかねが逃すはずはなかった。新しいイタリアンの店ができたから、アカデミー賞候補の映画が観たいからなど、ことあるごとにあかねは光彦を誘いだした。あかねのしつこさに最初はうんざりしていた光彦も、少しずつあかねの積極性に惹かれていった。スポーツマンの光彦と明るく活発なあかねの二人の姿は、周囲の誰から見てもお似合いのカップルだった。淳美も二人が付き合い始めると、二人を応援する気持ちになっていた。しかし、それをいいことに、あかねは淳美の前で二人の親密さをわざと見せつけた。

「ねえ、今日光彦と食事に行くんだけど、あっちゃんも一緒にどう?」

「だって、お邪魔でしょ? いいよ」

「大丈夫。いつも二人だけじゃマンネリになっちゃうでしょ。それにもう一人光彦のお友達も呼んでいるから、来てもらわないと困るの」

「もう、あかねはいつも強引なんだから」

食事に行けば行ったで、体を寄せあったり、キスしたりと淳美の前などお構いなしにいちゃついてみせた。淳美はそれを苦々しく思いながらも、親友の幸せは見守ってあげなければいけないと自分に言い聞かせた。羨ましい気持ちはあったが、その不満の矛先はあかねへというよりも、積極的になれなかった自分自身に向けられた。


潮目が変わったのは、あかねと光彦が付き合い始めて1年が過ぎた頃だった。光彦はあかねの強引さに疲れを覚えるようになっていた。光彦はあかねについて相談したいと言っては、淳美を食事に誘うようになった。光彦と食事をするのを、淳美は素直に喜んだが、そのときはあかねから光彦を奪おうなどという気持ちはまったくなかった。ただ二人で一緒に過ごすわずかな時間が、淳美にとって幸せなひとときであったことは認めざるを得なかった。あかねに対する罪悪感を持ちながらも、淳美は光彦の誘いを断ることができなかった。

ある昼休み、洗面所にいる淳美の元にあかねが真っ赤な顔をしてやってきた。歯磨きをしているまわりの人など目に入らない様子で、あかねはわめき立てた。

「あんた、私から光彦を奪う気？」

「えっ、なんで？」

「とぼけないで。あんたが光彦と二人で食事しているのを見た人が何人もいるのよ」

「ああ、あれは何でもないの。ただ相談があるって言われて」

「じゃあ、どうして隠したりするの。友達なんだから言ってくれたっていいじゃない。やましいところがあるからでしょ。この裏切り者」

あかねは淳美の頬を思い切り平手打ちすると、トイレへ駆け込んだ。その直後、トイレの中から人目もはばからない大きな泣き声が聞こえてきた。

この出来事をきっかけに光彦とあかねは別れ、淳美とあかねの関係も険悪なものに変わった。あかねは淳美をあからさまに無視するようになり、二人の会話は仕事上最低限のものだけになった。その後、淳美が光彦と付き合い始めると、あかねはすぐに見合い結婚をし、会社を退職してあっさりと長野へ移ってしまった。淳美と光彦が結婚したときも、あかねと連絡を取り合うこともなく、これで二人の関係も終わったかに思われた。

ところがある日突然、淳美の携帯電話にあかねから連絡が入った。二人は昔よく一緒に行った喫茶店で会う約束をして、電話を切った。

3

約束の時間になっても、あかねは現れなかった。淳美はアイスコーヒーをゆっくり飲みながら、『喫茶プレリュード』と書かれた入り口のドアをただぼんやりと見つめていた。氷はとうの昔に溶けていて、グラスの上部に透明な層を作っていた。あかねが時間にルーズなのには、淳美もすっかり慣れっこになっていた。この日も20分遅れで店に入ってくると、あかねは待たせたことを詫びるでもなく、淳美の向かいの席に腰かけ、レモンスカッシュを注文した。

「久しぶり。元気にしてた？」

「こっちは元気にやってるわ。あかねも元気そうじゃない。でも突然どうしたの？」

「実はね、うちの旦那が去年死んじゃったの。それでいろいろとごたごたしちゃって。遺産相続だとか、後片づけだとか。田舎だからよけい面倒くさいの。あっちゃんは知っているでしょ、あたしってそういうの苦手なこと」

「そう、大変だったね。それで、あかねは大丈夫なの？」

「うちの旦那、もともと体が丈夫じゃなかったから。年も相当上だったし、いつ死んでもおかしくなかったの。でも、まさかこんなに早く逝っちゃうとは思っていなかったけど」

あっけらかんとしたその口調には、夫の死を悲しんでいる様子はまったく感じられなかった。

「長野って思った以上に田舎でさ。退屈で退屈でしかたなかったの。それに旦那が遺産をたっぷり残してくれたから、そのお金で渋谷にマンション買っちゃった。今年の初めに東京へ帰ってきたの。そうしたら、この前日本橋のデパートで光彦とばったり出くわして。話をしていたら久しぶりにあっちゃんにも会いたくなったの。何か喧嘩別れしたままで終わるのも嫌じゃない」

「私だってそうだよ。携帯電話もつながらないし、引越し先も知らせてくれなかったから連絡の取りようもなかったんだもの。もともと誤解だったんだから、もう一度会いたいとずっと思っていたわ。でも変ね。光彦さんはあかねに会ったことなんて一言も言っていなかった」

「あら、そう？　きっと変な誤解を与えたくなかったからじゃないの」

「そうなのかな？　それで、今は何をしているの？」

「今は一人で悠々自適の生活よ。あっちゃんはどうなの？　お子さんはまだって聞いたけど。光彦とはうまくいっているんでしょ？」

「結婚して3年にもなれば新婚時代とは違うよ。それなりにいろいろとあるわ」

「そうなんだ。もう3年も経ったのね。困ったことがあったらいつでも言って、相談に乗るから。あっ、そろそろ行かなくちゃいけない。今日はあたしがおごるから。じゃあね」

あかねはグラスに半分残っていたレモンスカッシュを、ストローで一気に飲み干すと、レシートを持って急ぎ足で出口に向かった。昔とまったく変わらないあかねの性格に苦笑いしながら、淳美はバッグを手に立ち上がった。

この再会をきっかけに、二人が元の関係に戻るのにそれほど時間はかからなかった。

4

その日も、あかねが淳美の家に着いたときには正午を30分回っていた。

「ごめん、所用ができちゃって家を出るのが遅れちゃった」

「いいよ。さあ、早く上がって。お昼ご飯が冷めちゃうといけないから」

淳美はミートソーススパゲティとサラダ、オニオンスープを用意していた。あかねはミートソースにビン半分の量のタバスコをかけた。それを見て淳美が言った。

「あいかわらずね。実は足りるかどうか、ちょっと心配だったの」

食事を終え、淳美は自分にはコーヒーを、あかねにはレモンティーを入れた。

「レモンをもう一、二枚入れてくれないかしら。酸味が足りないみたい。辛いとか酸っぱいとか、あたし、そういう刺激がたまらなく好きなの。いつも刺激を求めていたいのかもね。で、相談って何？」

淳美はスライスしたレモンの皿をあかねに手渡し、向かいの椅子に腰かけた。

「実はね、光彦さんが浮気をしているみたいなの」

「本当？　どうして浮気しているってわかったの？　相手は誰？」

「それがわからないの。ただ、ここのところ会社の帰りの遅い日が続いて。朝帰りだってたびたびあるし、それに急な休日出勤も多くなったの」

「それだけ？　だって光彦はもうだいぶ出世したんでしょう？　そりゃ接待だって増えて当然だよ」

「でも、最近光彦さんの態度がどうもおかしいの。目が合うと視線をそらせるし。それに夜のほうもずっとご無沙汰だし」

「それは怪しいね。光彦もやっぱり世間の男どもと一緒ってわけか。それならいっそ、こっちも浮気しちゃえばいいじゃない。あたしなら絶対にそうするよ」

「そんなことできないよ」

「そうか。じゃあストレス解消になる趣味でも持てばいいじゃない。カルチャースクールに通うとか。もしかしたらそこで格好いい男と巡り会えるかもしれないよ」

「もう、本気で考えてくれないんだから」

「あたしはいつだって本気よ。それじゃあ、やっぱり浮気調査するしかないわ」

「私もそれは考えたの。でも高いんでしょう?」

「馬鹿ね。もしも浮気しているのがわかれば離婚して慰謝料をたっぷりもらえばいいし、浮気が見つからなければ、それはそれで安心料だと思えばいいじゃない。悩んでばかりいたって何も進まないよ。とにかく行動あるのみ」

「他人事だと思って、簡単に言うけど」

「もう、あっちゃんは優柔不断なんだから。それならば直球勝負よ。光彦に浮気しているのか直接聞いてみたらどう?」

あかねが帰った後、淳美がテーブルを見ると例の手紙は消え失せていた。

5

光彦はベッドから上半身だけ起こすと、隣に寝ているあかねに話しかけた。

「淳美が僕たちのことに気づき始めているって本当?」

「だって、あっちゃんから直接相談されたんだから。あなたが浮気してるんじゃないかって。まさか相手があたしだとは思っていないみたいだけど」

「どうするつもりだろう?」

「相談されたから一応は浮気調査してもらうか、もう直接あなたに聞いちゃえばって言っておいたわ。まあ、あたしの見たところでは何もしないと思うよ。あっちゃんとはあなたより長い付き合いだよ。あの娘ってなかなか結論出せない人だから」

「そうか。でもしばらくは様子を見て、会うのは控えたほうがいいかもしれない」

あかねは好きな男ができると、その人に彼女がいようと、自分のものにしないと気が済まない性格の持ち主だった。そのくせ、相手が浮気しようものなら決して許すことができなかった。付き合っていた光彦が淳美と二人だけで会っていたと聞いて、あかねは怒りを抑えることができなかった。勢いで光彦と別れたときは清々した気持ちでいたが、時間が経ち、光彦と淳美が付き合い始めたのがわかると、逃した獲物の大きさに悔しさが込み上げてきた。忘れるために好きでもない男と見合い結婚したものの、光彦を取り戻したい気持ちは日々強くなるばかりだった。夫が亡くなるとすぐに、あかねは行動を開始した。世間体を気にする義理の両親の言葉を無視し、一人で東京に戻ってきた。淳美から光彦を奪い返すために。光彦の気持ちを操る自信はあった。しかし光彦の淳美に対する愛情の深さを知るに及んで、その自信は傾きかけていた。自分と浮気しながらも、光彦には淳美と別れる気はさらさらないようだった。それどころか光彦は自分と別れようとしている。

「もしもし、のぞみ企画ですか?」

「はい、そうです」

「チラシを見たんだけど。ある夫婦を別れさせてもらいたいの。詳しいことはどこかで会って話したいんだけど」

「わかりました。こちらからお電話をおかけ直しいたしますので、お名前とお電話番号をお教えください」

「わかりました。名前は……」

淳美が陶芸教室に通うようになったのは、やはりあかねからの助言があったからなのかもしれない。

「いいんじゃないか。淳美も一日中家にばかりいるとストレスが溜まるだろう」

光彦も淳美の陶芸教室通いをあっさり承諾してくれた。

6

前原希代美が待ち合わせ場所として選んだのは、渋谷ハチ公口から歩いて5分ほどにある、地下1階の喫茶店だった。広いけれど目をこらさないとまわりが見えにくい、ほの暗い店。希代美はドアを開け、目を細めるように店内を見渡した。夕暮れ時のこの時間帯、店はサラリーマンや若い女性で賑わっていた。会社の打ち合わせや、別の場所へ行くまでの待ち合わせ場所に使われているのだ。店内はざわめきに満ちていた。希代美がこの店を選んだのも、まわりなど気にしないこの騒々しさが理由だった。空いていた席に落ち着くと、希代美はバッグから派手な黄色いサングラスを出して頭上に載せた。

約束の時間の15分前。ここまでは予定どおり。希代美は不安そうに時計と入口を交互に見つめていた。

（落ち着きなさい。冷静さを失わないで）

希代美は大きく深呼吸した。

約束の時間から15分遅れて、グレーのシャツに濃いブルーのジーンズ姿の女性が現れた。

「のぞみ企画さん?」

「はい、そうです。どうぞお座りください」

「広いし、暗くて見つけられるかなと思ったけど、そのサングラスは一目でわかったわ」

「そのために買ったものですから。まずは飲み物を頼みましょう」

「あたしはアイスレモンティーをいただくわ」

注文の品が来るまでの間、二人はお互いを牽制するかのように、黙って相手の様子をうかがっていた。ウェイトレスが二人の飲み物とレシートをテーブルに置いて立ち去ると、希代美が静かな声で質問を始めた。

「それでは詳しい話を聞かせてもらいましょう」

「電話でも話したけど、ある夫婦を別れさせてほしいんです。実はその旦那はもともとあたしの彼で、今年の春に偶然再会したのをきっかけにまた付き合い出したの。奥さん、これはあたしの親友なんだけど、最近あたしたちの関係を怪しんでいるようなの。バレるのも時間の問題って感じ。彼ってすぐ顔に出るタイプだから」

「それで、見つかる前に離婚させてしまおうというわけですね」

「そうなの。あたしは彼を愛しているし、もともとあたしから彼を奪ったのは彼女なんだから。あたしは彼女をまだ許していないの。あたしは彼女から彼を取り戻したいだけなの」

「わかりました。やってみましょう。料金の件はお電話で話したとおりでよろしいですね」

「ええ、うまくいったときはすぐに支払います」

「それでは、そのご夫婦のことでわかっていることをすべて教えてください」

商談が成立すると、希代美はお辞儀をして立ち上がり、店を後にした。残った女性、遠藤あかねは希代美に言われたとおり5分間だけ待つと、レシートを手にレジへと向かった。


あかねは広いバスタブの中で足を伸ばしながら、今日一日の出来事を思い出していた。

（淳美はまだ光彦の浮気相手があたしだと疑っていないだろう。それにしても淳美の家であの手紙を見つけたのも何かの偶然だ。怪しいとは思ったけど、まさか相手があんな若い女性だとは思わなかった）

待ち合わせ場所で待っていたのは、たぶん電話で話したその女性本人だろう。どこにでもいるようなあまり目立たない女性だった。逆に言えば、だからこそこのような商売に向いているのかもしれない。女性の落ち着いた声を聞いて、あかねはこれは本物だと感じた。

（今日は光彦が訪ねてくる。でもこのことは絶対に言わない。光彦には不器用な正義感がある）

前原希代美は一度結婚していた。どうしようもない男。希代美と結婚したとたんに仕事を辞め、まったく働こうとしない男。希代美の前で平気な顔で、ヒモのような生活をしたかったと言える男。

「会社に行ってくる」

「今日パチンコ行くから、金を置いてってくれ」

「昨日1万円あげたじゃない」

「1万円くらいすぐになくなる。もっとまとまった金をくれよ。チマチマした金しかよこさないから儲からないんだ」

この人ならば自分を幸せにしてくれる。そう思って結婚した。結婚する前は何ごとにも積極的で頭も良く、小さなことにも気を使う理想の男性に思えた。けれどもその才能は、女性に対してのみ使われていたようだ。結婚して気づかされたのは、理想的だと思えたこの男の才能は、ヒモになるために必要な才能そのものだったということ。結婚詐欺に騙されたわけじゃなかっただけマシ、そう我慢して2年間やってきた。しかし、このままでは自分の人生がダメになってしまう。希代美は離婚を決意した。手切れ金として200万円を男に渡した。男は喜んで目先の金を選んだ。やはり最低の男。けれど、これでこの男から解放される。新しい人生を歩むことができる。これで希代美の未来は明るくなるはずだった。

7

光彦にとって、佐々木淳美は理想に近い女性だった。彼女が自分に好意以上の気持ちを持ってくれているのも知っていた。それなのに光彦は淳美に告白できずにいた。光彦には、大学生時代に付き合っていた彼女に自殺された過去があった。光彦からの別れ話に、彼女から自殺をほのめかすメールが毎日のように届いたが、光彦はそれをただの脅しと受け取り、無視し続けた。大学の卒業式当日、彼女は自ら命を絶った。光彦は悔恨の念にかられたが、もう手遅れだった。それを忘れるために光彦は懸命に働いた。自分は女性を不幸にしてしまう人間なのかもしれない。そう思うと、淳美に告白する勇気が光彦には持てなかった。そんな心の隙間に遠藤あかねが入ってきた。淳美を忘れるために、情けない自分を忘れるために、光彦はあかねと付き合い始めた。初めはあかねに対して申し訳ない気持ちもあったが、あかねの自分にはない屈託のない笑顔と積極的な態度に、いつしか光彦もあかねに惹かれていった。

あかねには何でも自分で決めたがる傾向があったが、それも光彦にとって歓迎するところだった。仕事に関しては誰よりも積極的だった光彦だが、それは仕事に対する責任感のためであり、実際の光彦はプライベートでは優柔不断な男だった。デートの日取りからデートコース、食事場所まで決めてくれるあかねがいれば、何も考えずについていけばいい。それは光彦にとってもありがたかった。

それがいつからか、あかねと一緒にいることに窮屈さを感じるようになっていった。たまに言う自分の意見や希望をまったく受け入れてくれないあかねに対して、不満は募るばかりだった。そんなとき、あかねが佐々木淳美を連れて食事に現れた。淳美はやっぱりきれいだった。光彦のあかねへの思いは急速に冷めていき、その分淳美への思いが膨らんでいった。あかねのことを相談したいという理由をこじつけて、光彦は淳美を食事に誘った。淳美も喜んでいるように見えた。

「あかねは明るいし、一緒にいて楽しいことは楽しいんだけど、強引すぎて、ついていけないところがあるんだ。それに自分の思いどおりにならないと、すぐにカッとなって口汚い言葉を吐いたりするのがね」

「あかねはお嬢様育ちだから、両親に相当甘やかされて育ったみたい。だから、世の中何でも自分の思いどおりになると思っているのよ」

「もうちょっとおしとやかになってくれればいいのにね。佐々木さんみたいに」

「ありがとう。いつでも相談に乗るわ」

「そう、それじゃあまたお誘いします」

光彦はおどけた口調で淳美に言った。

光彦と淳美はその後頻繁に食事をするようになった。あかねと会う回数は徐々に減っていき、いつしか淳美と会う回数のほうが多くなった。

（あかねと別れたい。でも別れるとなると、きっとひと悶着起きるだろう）

しかし、あかねとの別れは向こうから突然やってきた。

「光彦、あなた浮気しているでしょ。それもあっちゃんとだなんて。ふざけるのもいい加減にして」

あかねに詰め寄られて、光彦は今までに積もり積もった鬱憤をすべて吐き出すような大きな声で答えた。

「そんなことあるわけないじゃないか。そんなに疑うなら、本気で浮気してやろうか」

「ひどい。それなら勝手にすればいい。こっちから別れてあげるわよ」

あっけない別れに光彦は拍子抜けしたが、これで淳美に自分の思いを伝えられる。

光彦の告白を、淳美は何のためらいもなく笑顔で受け入れた。光彦と淳美の交際はこうして始まった。

あかねの対応はこのときも早かった。

『会社を辞めて結婚します』

光彦にメールが届いたのは、淳美と付き合いだしてわずか3か月後のことだった。光彦は内心ホッとしていた。

（これで淳美も何の気兼ねもなく僕と付き合えるだろう）

それから半年後、淳美の26歳の誕生日に光彦はプロポーズした。

「よろしくお願いします」

淳美の返事に光彦は天にも昇る思いだった。


二人の結婚生活は順調に進んでいた。子供を授かることはなかったが、それでも光彦は幸せだった。そこに再びあかねが現れた。それがただの偶然だったかどうかは光彦にもわからなかった。日本橋のデパートで、あかねが突然後ろから声をかけてきた。夫が亡くなり、東京に戻ってきたばかりだと言う。

「もともと旦那のことは好きじゃなかったの。あたしが好きなのは今でも光彦一人。浮気されてカーッとなっちゃって。とにかく遠くへ行きたかっただけなの」

（面倒くさいことにならなければいいが……）

しかし光彦の悪い予感は現実のものとなった。もちろん光彦に強い気持ちがあれば避けられた現実ではあったが。光彦は執拗なあかねの誘いを断り切れなかった。優柔不断な自分に自己嫌悪を覚えながらも、あかねとの浮気を続けた。そして昨夜、あかねから淳美に浮気を疑われていると聞いた。今このときが引き際だと光彦は考えた。光彦に淳美と離婚するという選択肢は初めからなかった。

（淳美はあかねとの浮気を絶対に許してくれない。もしばれたら離婚しなければならないだろう。あかねとは早く別れなければいけない。でも、あかねが前のようにあっさりと引き下がるとも思えない）

淳美が手紙を見せてくれた朝、光彦はいつか何かの役に立つかもしれないと、淳美がいない間に電話番号をメモしておいた。

（いたずらの可能性が高いだろうが、とにかく連絡だけはしてみよう）

光彦は手帳を取り出し、携帯電話のボタンを押した。

「はい、のぞみ企画です」

若い女性の声が答えた。

「あの、浮気相手と面倒を起こさないで別れたいのですが」

8

希代美が新宿の喫茶店で待っていると、光彦が約束時間ちょうどに入ってきた。光彦はすぐに黄色いサングラスに気づき、真っ直ぐに希代美の席へやってきた。

「お電話した高沢光彦です。よろしくお願いします」

「のぞみ企画です。さっそくですが、お話を聞かせてください」

「非常に言いづらい話なんですが、今付き合っている女性がいまして。そのことに妻が気づき始めたようなんです。でも、僕は妻と別れたくないし、今も妻を愛しています」

「それではなぜ浮気などなさったのですか？」

「面目ない話なんですが、その彼女というのが強引な性格で、どうしても断り切れなかったというか。もちろん反省はしています。だからこそ彼女と別れる決心をしたんです。彼女というのが妻の友人なものですから、もしばれたら離婚することになりかねません。ただ、その彼女が簡単には別れてくれそうになくて。妻にはわからないように、なるべく穏便に彼女と別れたいんです。でも、どんなに考えても良い案が見つからなくて。それでお電話したしだいです」

「わかりました。それでは相手のお名前、住所その他知っていることをすべて話してください」


仲谷春樹は陶芸教室へ入ると、室内を一回り見渡した。やがて高沢淳美の隣に空席を見つけると、そこに座り淳美に話しかけた。

「僕、今日が初めてなんです。もし良かったら基本的なところからコーチしていただけないでしょうか」

「私だってまだ始めたばかりで、教えるなんてとんでもない。講師の先生に教えてもらったほうがよろしいのじゃないですか」

「まあ、それはそうでしょうが。でも年寄り講師に教わるよりも、きれいな女性に教えてもらったほうが上達も早いだろうし、第一楽しいじゃないですか」

図々しい彼の態度を最初は不快に思った淳美だったが、飄々とした彼のペースに少しずつはまっていく自分に気づいていた。

(この人、相当な遊び人ね。でも物腰も柔らかいし、話も面白い)

もともと陶芸に興味があったわけではなかった。暇つぶしに始めるうちに、自分の手で作ったものが家に飾られていくのが楽しみになっていた。できあがった湯呑み茶碗や小皿を光彦が褒めてくれるのも嬉しかった。しかし、数か月が過ぎ、技術的にもこれ以上の上達が見込めなくなって、ろくろを廻すことにも飽き始めていた頃でもあった。そんなときに春樹は現れた。

「食事でもどうですか？　雰囲気のあるイタリアンのお店を見つけたんですが、一人ではなかなか入りづらくて」

会ってから3度目の陶芸教室が終わり、帰り支度をしている淳美に春樹が話しかけた。

「突然言われても困ります」

「予定でもあるんですか？」

「そういうわけでもないですけど」

「それじゃあ、いいじゃないですか。本当に食事だけですから。ねっ、いいでしょう」

強引な誘いを断れなかったのは、淳美も春樹との会話を楽しんでいたからだろう。

（今日は光彦さんも遅いし、もともと外食するつもりだったのだから）

イタリアンレストランでの春樹との時間はあっという間に過ぎていった。

9

『獲物は喰いついた』

前原希代美はメールを送信した。

10

光彦は淳美にとってあこがれの男性だった。私にはこの人しかいない。初めて会ったときから、そう決めていた。光彦も自分のことを好いてくれているのはわかっていた。しかし光彦からの告白もなく、虚しく時間だけが過ぎていった。自分から打ち明けなければという思いを持ちながらも、どうしても言えずにいた。そして光彦はあかねと付き合い始めた。淳美はあきらめるしかなかった。

あかねが光彦と別れて、光彦から交際を申し込まれたときは涙が出るほど嬉しかった。これから二人の幸せな人生が始まると思った。淳美には理想の夫婦像があった。大学生時代、パリへ旅行に行ったとき、衆人環視の信号待ちの歩道で、ある老夫婦がまわりも気にせずにキスをした。信号が青に変わると、二人は仲良く手をつないで横断歩道を渡っていった。見ていた淳美自身が赤面して目を逸らしてしまったが、自分が結婚したときはあいう夫婦になりたいと心の底から思った。

けれど二人で暮らしていくうちに、淳美は何か物足りなさを感じていた。理想と現実の間にひびが入り、その隙間は少しずつ広がっていった。見た目は充分だし、仕事もできる。性格も優しい。淳美の言うことは何でも聞いてくれる。喧嘩をしたときも、いつも最初に謝ってくれるのは光彦だった。何不自由のない生活。他人から見れば贅沢な悩みなのかもしれないが、それでも淳美には何かが物足りなかった。

淳美が光彦とあかねの浮気を疑ったのは、あかねと再会した日の夜だった。久しぶりにあかねに会ったことを話したとき、光彦は確かに動揺していた。態度も妙によそよそしくなった。光彦があかねに会ったことを話さなかったのは疑念を持たれたくないからではない。実際に浮気をしているからだと確信した。ただ、光彦から誘ったとは思えなかった。あかねが強引に引っ張り込んだのだろう。光彦を誘惑したあかねを許せなかった。淳美は光彦と離婚したくなかった。しかし、あかねに光彦を誘惑するのを止めてくれと言っても、簡単に言うことを聞くとは思えなかった。まずは浮気の確証が欲しかった。淳美は陶芸教室で知り合った友人に相談した。

陶芸教室の無料体験会に参加した日、まわりは年配の女性ばかりだった。その中に一人だけ自分と年齢の近い人がいた。それが前原希代美だった。希代美は陶芸について何も知らない私に、一から丁寧に教えてくれた。教室が終わって、二人で夕食に行った。希代美は淳美より二つ年上だった。初対面では緊張してしまい、うまく話せない淳美だったが、希代美とはなぜか最初から打ち解けて話ができた。あかねや他の友達といても、どうしても一歩引いてしまう性格だったが、希代美には何も遠慮せずに話すことができた。希代美といると自然体でいられる気がした。淳美は陶芸教室への入会を決めた。

陶芸教室が終わると、二人は夕食に行くのが習慣になった。希代美は一度離婚していることを話し、新たな出会いを探していることを話した。淳美は夫婦生活の不満について希代美に愚痴を言った。お互いが自分の本音をぶつけ、お互いがお互いの話を率直に受けとめ、感想や意見を述べた。それは淳美にとっても、希代美にとっても居心地のいい時間だった。

淳美は夫の光彦が自分の友人と浮気をしているのではないかと感じていることも希代美に話した。希代美ははっきりした証拠をつかまなければいけないと憤り、自分も協力すると言ってくれた。

そこで希代美が考えだしたのが、あの手紙だった。会社名は希代美の「希」を取って「のぞみ企画」とした。この手紙を見て、光彦かあかねのどちらかでも相談してくれれば、浮気の証拠をつかめるかもしれない。電話が来なければ、また違う方法を考えればいいと希代美は言った。もし光彦の浮気相手があかねだとすれば、積極的なあかねのことだから電話する確率は非常に高い。事実、手紙もあかねが持っていった。幸い光彦もあかねも前原希代美のことを知らない。

光彦とあかねに手紙への興味を抱かせるのは淳美の仕事だった。光彦の前で手紙を読み上げた。あかねに見えやすい場所に手紙を置いた。後は、あかねか光彦から電話が来るのを待つだけだった。

『獲物は喰いついた』

希代美からのメールを見て、淳美はすぐに希代美へ電話をかけた。連絡してきたのは、やはりあかねだった。光彦が親友のあかねと浮気していた事実には冷静だった淳美だったが、あかねが自分たち夫婦を別れさせようとしていることを聞いて、ひどいショックを受けた。それと同時にあかねの誘いを断り切れずにいる光彦も許せなかった。仲谷春樹と出会って、光彦への物足りなさの原因がわかった気がした。光彦には春樹のように女性を引っ張っていく積極性がない。光彦には春樹のようなユーモアやスマートさがない。春樹は「淳美の好きな店でいいよ」などとは絶対に言わない。行く店は決めてくれるし、選ぶ店のセンスもいい。淳美の言うことを聞いてくれていたのは、光彦が優しかったからではなかった。ただ何も決められなかっただけだったのだ。

11

前原希代美は、光彦からも電話がかかってきたことを淳美には話さなかった。光彦が喫茶店から出た後、希代美は余韻に浸っていた。希代美は光彦に一目惚れしていた。遠藤あかねは高沢光彦、淳美夫婦を離婚させてほしいと望んでいる。高沢光彦は遠藤あかねと別れたいと望んでいる。この二つの望みさえ叶えれば、光彦は独り身になる。そうなれば自分にもチャンスが訪れるのではないか。では、二つの望みを叶えるにはどうすればいいだろうか。

光彦が去ってから一時間後、希代美は喫茶店を出た。

希代美は東北地方のひなびた漁村に生まれた。希代美にとって故郷に良い思い出はまったくなかった。思い出すのは、いつも酔っ払った父が母に暴力を振るっている光景だった。母をかばおうとすれば自分も殴られるのは経験でわかっていた。故郷を思うとき、そこにはいつも恐怖があった。母が突然いなくなる夢を何度も見た。そんな朝は目覚めて隣に母がいるのを見つけて、嬉しさのあまり涙を流した。いつか母が自分をどこか平和な世界に連れていってくれる、そう信じていた。しかし、小学校高学年くらいになると、それもあきらめざるを得なくなった。母は父から逃げることなどまったく考えていないようで、逃げない母に対する不信感がしだいに大きくなっていった。父の暴力がトラウマになったのか、希代美は男性とは結婚どころか、付き合うこともできないと思っていた。思春期になって、まわりの同級生が男性アイドルやクラスの男子生徒の話で盛り上がっていても、希代美はその話の輪に加わることができなかった。希代美は小柄で色白、愛嬌のある少し垂れ目の少女だった。告白してくる男子生徒もいたが、希代美はそれを断った。まわりからはお高くとまっていると勘違いされ、希代美は学校で孤立していた。いつも一人、殻に閉じこもっていた。

高校を卒業すると、希代美はすぐに故郷を捨てた。都内の小さな問屋にどうにか事務職を得た。希代美は一生懸命働いた。会社とアパートを行き来するだけの生活。とにかくお金を貯めたかった。一人で生きていくためにはお金を貯めなければいけないという強迫観念があった。預金通帳の残高が大きくなっていくのを見るのが、希代美の生き甲斐になっていた。そんな折り、希代美は仲谷春樹と出会った。春樹は店に出入りする営業マンだった。春樹にはテレビのアイドル歌手に似た華やかさがあった。春樹から何度も誘いをかけられたが、希代美は断り続けた。それでも春樹はミカンの皮をむいていくように、希代美の心の殻を一枚一枚丁寧にはがしていった。春樹には今まで考えていた恐い男のイメージとは違う何かがあった。その優しさに、希代美はしだいに仲谷春樹に惹かれていった。

仕事を終え駅へと向かう希代美に、春樹は偶然を装って声をかけた。

「やあ、希代美ちゃん。今お帰り?」

春樹にとって女性を口説くことはゲームのようなものだった。持って生まれた才能と積み上げてきた経験から、春樹はこのゲームで高い勝率を残していた。誘っても誘っても応じてくれない希代美は、春樹にとって難しくもやりがいのあるゲーム相手だった。

「今日は僕の誕生日なんだけど、誰にも祝ってもらえないんだ」

「嘘ばっかり。仲谷さんはモテてモテてしょうがないでしょ」

「そんなことないですよ。困っちゃうんだよね、みんなからそんな風に思われて。僕は好きな女性ができると他の女性なんか目に入らなくなるタイプなんだ。もう一筋。で、今一筋なのが希代美ちゃん」

「また、冗談ばっかり言って」

「冗談じゃないよ。やだなあ、希代美ちゃんまで。僕を少しは信じてよ。まあ、いいや。とにかく今日だけは付き合ってくれよ。お願いだから」

「しょうがないわね。じゃあ今日だけですよ」

男擦れしていない希代美を思いのままにするのに、大して時間は必要なかった。レストランを出た後、家まで送ると言ってタクシーを拾い、そのまま希代美のアパートの部屋に上がり込んだ。

部屋に入るとすぐに春樹は希代美を抱き締めた。希代美の頬が薄紅色に染まっている。春樹はその頬を両手で包み込んだ。希代美の体が硬直する。希代美の若い桃のような頬に唇を当てる。唇をそのまま希代美の唇へと近づける。唇と唇が重なる。希代美がしがみついてきた。ほのかなアルコールの匂いの中に、若い女性特有のどこか甘酸っぱい匂いが沸き上がる。春樹は今しか味わえない新鮮な匂いを求めて、唇を希代美の肌から離さないように首筋からまだ幼い乳房へと滑らせていく。希代美の口からくぐもった声が漏れる。しがみついていた腕の圧力がふいになくなった。春樹は優しく下半身に手を伸ばす。希代美はいつの間にか全裸になっていた。春樹が希代美の中へ入ってきた。希代美は処女だった。交わりが終わった後、希代美の目を閉じたその顔には安堵の表情が浮かんでいた。希代美は生まれて初めて幸せを夢見た。

希代美と春樹の交際が始まり、その1年後に二人は結婚した。しかし、結婚生活は始めから破綻した。春樹は結婚してすぐに、希代美に何の相談もなく勤めていた会社を退職した。（一度目の結婚は失敗に終わった。でも、次の結婚では本当の幸せをつかんでみせる）

まずは光彦と淳美を別れさせなければいけない。光彦は淳美を愛していて、別れる気など毛頭ない。それならば淳美に離婚したくなる原因を作り出せばいい。それにはやはり男が一番手っ取り早い。希代美の頭の中にすぐに最適な人物が浮かび上がった。彼なら淳美をたぶらかすことなど朝飯前だろう。希代美は仲谷春樹に電話をかけた。

春樹は30万円の成功報酬で、あっさりと引き受けた。写真の女性、高沢淳美は女として最高の部類に属している。春樹が自ら進んででも誘惑したい女だった。そのうえ現金までもらえるとなれば、春樹に断るなどという選択肢はあり得なかった。希代美の指示を受け、春樹は陶芸教室に入った。淳美誘惑作戦の第一歩、春樹は淳美に声をかけた。

12

光彦から急な出張が入って帰れないという連絡が入った。淳美は光彦があかねと会うことを確信した。光彦のために自分は尽くしてきたつもりだ。それを裏切ったのは光彦だ。あかねの存在も淳美にとっては大きなストレスになっていた。いつもあかねに操られている自分にうんざりしていた。あかねに対して自分は何も悪いことはしていない。それなのに、あかねは自分に対して悪意丸出しの行動を取ってきた。

光彦とあかねに対する怒りに体が震えた。人間不信に陥った自分の悩みを真剣に聞いてくれるのは春樹だけだった。光彦が浮気をしているのだから、自分が浮気してはいけないという理屈はない。あかねだってそう言っていたではないか。

「今日、主人は出張で帰ってこないの」

淳美が春樹に言った。

淳美はホテルの入口で一瞬ためらいを見せたが、春樹の優しい導きを受け、開き直ったように早足で中へと入っていった。シャワールームから出ると、春樹はすでに上半身裸でベッドに横たわっていた。淳美は春樹に誘われるままに春樹の脇に腰かけた。後はただ春樹に身を任せていれば良かった。やはり手慣れているらしい。淳美の中に春樹の優しさと激しさが波のように交互に押し寄せてくる。光彦では味わえなかった女の悦びに、淳美の体と心は春樹に溶け込んでいった。

とうとう一線を越えてしまった。しかし、淳美には後悔の念はなかった。淳美は自分の中にこんな大胆さがあることを初めて知った。

「淳美、僕は淳美のことを本気で愛してしまったみたいだ」

春樹が淳美の耳元で囁いた。

「ご主人と別れて、僕と結婚してほしい」

淳美の答は決まっていた。

「でも別れてくれるかしら」

「ご主人だって浮気しているんだから、離婚すれば慰謝料だってもらえるさ。ご主人、僕たちのことを気づいていないんでしょう?」

「あの人はそんな敏感な人じゃないから」

「こちらからわざわざ教えてあげる必要はない。ほとぼりが冷めたら結婚しよう」

「30万円の用意しておいてくれよ」

希代美に淳美との結果を一通り報告すると、春樹は言った。

「わかっている。あなたに騙されているのも気づかないなんて、淳美さんもかわいそうね」

「今さら何言ってんだい。大体君が言い出しっぺだろう。同罪というよりも、君は主犯なんだから。今さら良心の呵責でもないだろう」

「そうね。30万円はすぐに用意するから。実はもう一つ頼みたいことがあるの」


淳美は光彦に別れを切り出した。あかねとの浮気について光彦は言い訳もしなかった。

「あなたは優しすぎるのよ。優しさが人を傷つけることを覚えておいたほうがいいわ」

「みんなは僕のことを優しいって言うけど、本当は臆病なだけなんだ」

「あなたは自分が傷つきたくなかっただけなのよ」

「今さら何を言われても仕方ないことだけど、僕は今でも君を一番愛している。だけど自分がまいた種だから仕方ない」

光彦は離婚届に判を押した。非は光彦の側にあるというので、慰謝料は500万円に決まった。


「あなたの望みは叶いました」

携帯電話に映し出された希代美からのメッセージを見て、あかねは意地の悪い笑顔を浮かべた。光彦を取り戻すのは、あかねにとってプライドの問題でもあった。虫も殺さないような顔をして親友の男を奪った淳美には、その罪を償う必要があるのだ。

（私に逆らうとどういう目に合うか、思い知ればいいわ）


淳美が新しく借りたマンションは一人で暮らすには広すぎた。それでも春樹に言われたとおり、3か月間は春樹と会わなかった。春樹は携帯電話のやり取りすらしないほうがいいと言った。そこまで用心する必要があるのかとも思ったが、慎重な行動を心がけた。春樹への思いは会えない時間の分だけ大きくなっていった。

（やっと3か月が経った。もう春樹に連絡しても大丈夫だろう）

淳美は春樹に久しぶりに電話した。


待ち合わせ場所は、今までにも何度か来ている行きつけのバーだった。春樹はいつもお決まりの一番奥にあるカウンター席に座っていた。淳美より春樹が先に来ているのは初めてのことだった。いつもと雰囲気が違う。お互いに久しぶりの出会いを喜びあうつもりでいた淳美は、少し戸惑いを感じながら春樹の隣に座った。春樹に笑顔はなかった。春樹はすでに酔っ払っていた。

「僕たちは離れすぎてしまったのかもしれない」

淳美の嫌な予感は当たっていた。

「どういうこと？」

「実は他に好きな人ができた」

「だって、あなたが当分会わないほうがいいって言ったから、私ずっと我慢していたのよ。それに夫とも離婚した、あなたのために」

淳美は自分の声が上ずっているのに気づきながらも、春樹を責め立てた。

「あなたが結婚してくれるって言ったから。あなたの言うことはみんな聞いてあげたじゃない。私のどこがいけなかったって言うの？」

「わかっている。すべては僕の責任だ」

「そうよ。全部あなたの責任よ。だから責任を取って私と結婚してよ」

まわりの客が自分たちを見ているのはわかっていたが、涙が自然にこぼれてきた。

「どう言われようと僕は構わない。でも、僕は今までも自分に正直に生きてきた。それは今回も同じだ。ごめん」

春樹はそれだけ言うと、店を出ていった。取り残された淳美は呆然と座っているしかなかった。

「また一軒お気に入りの店に行けなくなったよ」

春樹の明るい声が希代美の耳に届いた。

「まあ、30万円のためだから、それくらいの犠牲は仕方ないけど。ちゃんと払ってくれよな」

「もちろんよ。先方からの入金がありしだいお支払いするわ」

「いくらもらうつもりなんだ？」

「それは言えないわ。正直言って、私も今の展開についていけてないの。だけど最低でも30万円はもらわないといけないわね」

「冗談言うなよ。それじゃあ何のためにこんなこと始めたんだ。お金のためだろう？　それならばもっとふっかけてやればいい」

「それよりも、もう一つの件はどうなっているの？　何か良い考えが浮かんだの」

「希代美だって知っているだろう？　僕の長所はこの顔と口のうまさだからね。それを利用しない手はないと思うよ」

13

渋谷の喫茶店、午後6時。あかねは希代美が来るのを待っていた。人を待たせるのに慣れているあかねも、自分が待たされる身になるのは大嫌いだった。しかし今日のあかねは気分が良かった。光彦と淳美の離婚報告を受けたときのことを思い出し、知らず知らずのうちに頬が緩んだ。

（私の勝ちね。まあ、最初からわかっていたけど。これで光彦は私のもの。あっちゃんがあんな手紙を置いてくれたから。皮肉なものね。これこそ自業自得よ。とても不思議だけど、人生が良い方向に進んでいるようね。一度は光彦と別れたけど、そのおかげで前の旦那から多額の遺産を手にすることができた。これで光彦を取り戻せれば万事うまくいくというもの。やはり幸せになりたければ、それを求めて行動しないとダメ。あっちゃんにはそれが不足していたんだわ。まあ、三年間だけでも幸せな生活ができたんだから、あっちゃんも満足だと思わないといけないわ。これであっちゃんとの縁も完全に切れるだろうけど、すべて手に入れるなんてどだい無理。一つくらいは何かをあきらめなければいけない）

「お待たせしてすみません」

希代美が息を切らせて、あかねの向かいの席に座った。

「それほどでも。私も今来たところだから」

あかねの声は暗い店内に明るく響いた。

「あなたからの依頼につきましては、ご満足いただける結果が出せたと思っております」

「もちろん満足よ。正直言って、まさかこんなにうまくいくとは思っていなかったわ。ありがとう」

「私が確認しましたところ、高沢光彦、淳美夫妻は昨日区役所へ離婚届を提出しました」

「わかってるわ。謝礼はこちらに入っているから確認して」

あかねはシャネルのバッグから銀行名の入った封筒を差し出した。

「中身につきましては信用させていただきます。ありがとうございました」

希代美は封筒を自分のバッグの奥に押し込んだ。

「あまり長居はしないほうがいいと思いますので、これで失礼いたします」

希代美は店の中を一回り見渡すと、足早に店を出ていった。あかねはゆっくり5分かけてレモンティーを飲んだ。


「あれ、あかねさんじゃないですか」

スクランブル交差点で信号待ちしていたあかねが振り向くと、そこには見知らぬ男の笑顔があった。

あかねは微笑みながら男の顔をじっと見つめた。

「どこかで会いましたっけ」

「えっ、淳美さんの友達のあかねさんですよね。あっ、そうか。僕たちはまだ直接会ったことがなかったんでしたっけ。いや、淳美さんからはよくあかねさんの話を聞いていたし、写真も見せてもらっていたものだから、初対面って気がしなくて。失礼しました」

男の声にはどことなく心を落ち着かせるリズム感があった。

「あら、そう」

「仲谷春樹と言います。淳美さんとは陶芸教室で知り合いになって、たまに食事にも行くことがあるんです」

「へえ、淳美からはそんな話聞いたことがなかったわ。で、あたしのこと何て言っていました？」

「こんなところで立ち話もなんですから。もしお時間があったら、どこか落ち着いた場所で話しませんか？　この近くにピザの美味しいワインバーがあるんですよ」

仲谷春樹に伴われて歩くあかねの姿をビルの影から確認すると、希代美は渋谷駅の改札口を抜けた。

14

光彦と淳美が離婚し、あかねの望みは叶えた。次は光彦の望みを叶える番。つまりは光彦とあかねを別れさせること。これを成し遂げなければ、光彦と結婚することはできない。

とりあえず春樹はあかねと接触した。後は淳美のときのように、あかねが春樹の誘惑に屈するのを待つばかりだ。希代美は何の役にも立たない、人間として最低の男に自分の幸せを委ねていることに戸惑いを覚えていた。それほどまでに希代美は幸せに飢えていた。希代美は光彦に電話した。

「あの、話したいことがあるので、また前回の喫茶店に来ていただけませんか」

あかねは春樹の顔をじっと見つめた。太い眉に負けないはっきりした黒い瞳は自信に満ち溢れていた。笑顔になると細めた目に優しさが滲み出てくる。春樹の低い声の振動はあかねの耳だけでなく、胸の奥まで響いた。

（あっちゃんが光彦と離婚したのは、この男の存在があったからではないだろうか。プレイボーイ気取りのこの男があっちゃんに手をつけないはずがない。もしそうだとすると、光彦と結婚することは、あっちゃんのおこぼれを預かるのと同じではないか。そんなことは許せない。もし光彦と結婚しても、陰であっちゃんがほくそ笑んでいるかと思うとやりきれない。あっちゃんは私に恥をかかせるつもりだったんだ）

先ほどまで感じていたあかねの優越感はすでに吹き飛んでいた。

（あっちゃんにはこの男は似合わない。私こそこの男にふさわしい）

あかねは春樹の瞳を見つめ続けた。

春樹はあからさまなあかねの視線を軽く受け止めていた。

(僕から誘う必要もなさそうだ。この女は僕を求めている。報酬の30万円はもういただいたようなものだ)

あかねは春樹の誘いを拒む素振りも見せなかった。二人は雑踏を抜け、ホテル街へと消えていった。

「あなたは奥様と離婚したそうですが、それでもこのまま続けてよろしいのでしょうか？」

「ええ、続けてください。最初の目的はなくなってしまいましたが、過去は忘れて一から出直したいと思っています。あかねと付き合う気はもうありません」

「わかりました。ありがとうございます。もう進めてしまったので、どうしたらいいかと思いまして。近々良い結果をご報告できると思います」

光彦は淳美との離婚の痛手からまだ立ち直れていないようだった。

「あまり気を詰めすぎないほうがよろしいかと。お顔の色が悪いですよ」

「ありがとうございます。あなたにもわかりますか。まったく情けないしだいです。何も手につかないんです。仕事もうまくいかなくなったし、家に帰っても何もする気がしないんです」

「私で良かったら、たまに誘ってください。実は私も離婚を経験していますから。もしかしたら、離婚の先輩として何か助言でもできるかもしれません」

春樹の心変わりに淳美は立ち直れずにいた。何もする気になれず、会社を休みベッドで過ごす日々が続いた。夜も眠れずに朝まで泣き明かした。生きている実感がまったくなかった。まず淳美は自分を責めた。自分のどこがいけなかったのだろう。春樹との会話、春樹との交わり、春樹との時間のすべてを思い返してみた。喧嘩は一度もしたことがなかった。春樹が不快な顔を見せたことも一度もなかった。考えに考えたが、自分に悪いところがあったとはどうしても思えなかった。次に淳美は春樹を責めた。もしかしたら自分は春樹に弄ばれただけなのだろうか。あれがいつもの春樹のやり口なのか。淳美の中に春樹に対する怒りが沸き上がってきた。春樹にはそれ相応の罰を受けさせなければいけない。しかし、自分に何ができるだろうか。淳美は希代美に相談するために電話した。

あかねから連絡が来なくなった。あの人がうまく進めてくれている証拠だろう。光彦は淳美を忘れるためにも、あかねには会いたくなかった。あかねに会えば嫌でも淳美を思い出してしまう。早くすべてを忘れて新しい人生をスタートさせなければいけない。一人部屋に閉じこもっているだけでは先が見えない。今、自分に一番必要なのは新しい出会いだった。

電話の向こうから聞こえる声は、淳美のものとは思えないほど生気がなかった。相談したいことがあると言っていたが、たぶん春樹の件だろう。淳美に対して自分が何を助言できよう。何といっても張本人は自分自身なのだから。それでもとにかく淳美のマンションを希代美は訪ねた。

希代美は淳美の変わりように愕然とした。頬はやつれ、目の下に濃い隈ができている。淳美の美貌は見る影もなかった。服は何日も取り替えていないのだろう、シワだらけのうえ染みが付いている。テーブルの上には空のカップラーメンとビールの空き缶が無造作に置いてある。部屋も散らかり放題で、歩く隙間を探すのも一苦労するほどだった。あのオシャレできれい好きな淳美とはまったくの別人に変わっていた。自分の幸せのために、これほどまでに友人を傷つけてしまったことに希代美は動揺した。淳美には早く元気な元の姿に戻ってほしかった。他人から見れば、わがままで独善的な考えだと思われるだろうが、それが希代美の本心だった。

15

早く忘れたほうがいい。それが希代美の答だった。確かに過去に縛られるには淳美はまだ若すぎた。いつまでも振られた男にこだわり続けていては将来が見えてこない。明日に目を向けるべきという希代美の言葉が正しいのだろう。しかし、そのためにはけじめをつけなければいけない。春樹は新しい恋人ができたと言っていたが、このままだと彼女は自分の次の犠牲者になってしまう。それだけは防ぎたかった。

（春樹の恋人に会おう。会って、春樹の本性を教えてあげよう。春樹の犠牲者は自分で最後にしなければいけない）

淳美は春樹を尾行することに決めた。

希代美は光彦からの連絡を心待ちにしていた。メールが着信すると、すぐに送信元を確認した。そのときも仕事中にもかかわらずメールの着信音に反応した。上司の不愉快な表情を無視して、携帯電話の画面に見入った。光彦ではなく、春樹からのものだった。経過報告という件名が表示されていた。希代美は内容を確認するために席を立った。

『久しぶりだね。元気かい。例の件だけど、順調に進んでいるので安心したまえ。実を言うと、僕はあかねと結婚するつもりだ。ご祝儀はいらないから、報酬の準備だけはしておいてくれたまえ』

希代美は呆れながらも、春樹の才能については認めざるを得なかった。あかねのような自信過剰の女をこんなに簡単に陥落させてしまうとは。春樹のことだから、たぶんあかねからお金の匂いを感じとっているのだろう。けれども、これで光彦と自分の間を邪魔する者はいなくなった。

(後は私が幸せをつかむだけ)

いくらオシャレな青山通りといえども、自分たちほどの美男美女のカップルはいない。行き交う人たちが自分たちを振り返るのを誇らしげに睨みつけた。あかねの頭の中にもう光彦はいなかった。

春樹は腕に絡みついているあかねについて考えていた。

(あかねには僕と同じ匂いがある。自分の容姿に対する自信、異性を惹きつける魅力、欲しいものは必ず手に入れないと気が済まない貪欲さ。ときには意見の相違や口喧嘩はあるだろうが、あかねとはうまくやっていけそうだ。何といってもあかねには財産がある。結婚すれば二人で楽しい人生を歩めそうだ)

光彦の中で一番身近な異性として、希代美の存在が少しずつ大きくなっていった。淳美ほどの美貌はないが、希代美と一緒にいると自分に正直になれる。しかし、希代美に恋しているのか自信が持てなかった。自分の本心を確かめるため、光彦は希代美を食事に誘うことにした。

「今日は来てくれてありがとう。ここの料理はお勧めなんです。たまに接待でも使わせてもらっています」

「こちらこそ、ありがとうございます。お料理が楽しみです」

希代美は光彦との待ちに待った初めてのデートに心はずませていた。しかし、会話ははずまなかった。お互いに何を話していいのかわからなかった。

「こんな席で仕事の話も何ですが、先ほど連絡があって、あかねさんが結婚することになったそうです。これで一応は光彦さんの望みも叶えられました。今日から光彦さんは自由の身というわけです」

「本当ですか。ありがとうございます。でも不思議な気持ちです。ホッとしているようで、どこか淋しさもあって。それではお支払いをしないといけないですね」

「その件はまた後で連絡します」

「そうですね。今は食事を楽しみましょう」

その日は最後まで話は盛り上がらなかったが、次回の食事の約束だけは交わし、光彦は希代美をタクシーに乗せた。

目の前の現実を最初は信じられなかった。まわりの風景が暗闇に消え、春樹とあかねしか見えなくなった。春樹の腕にあかねが寄り添っている。二人はわかりあえている恋人同士特有の笑顔で話していた。あかねは自分から光彦を奪い、今度は春樹を奪ったのだ。

（あかねは二度も私の人生をぶち壊した。絶対に許せない）

二人がフレンチレストランへ入るのを見て、淳美は街の雑踏に紛れた。

初めはぎこちなかった光彦と希代美の交際は、結婚への道を順調に歩んでいた。光彦は希代美の優しさに癒されていたし、希代美は光彦の優柔不断さを母性愛で包んでいた。光彦は希代美を大切に扱い、希代美は光彦のために尽くした。

「希代美とはあかねのことを相談したのが始まりだったけど、あんな仕事いつからやっているの？」

「始めたばかりで、光彦さんが最初のお客さんだったの」

希代美は慎重に言葉を選びながら答えた。

「何でも屋って言うのかしら。お友達がやっていて、いい小遣い稼ぎになるからやってみればって勧められて。ダメならダメで無報酬なわけだから問題ないって言われて」

「そうなんだ。でも、なんだか危なっかしい仕事みたいだし、辞めてもらったほうが僕は安心だな」

「もともと本気で始めたわけでもないし。光彦さんがそう言うのなら、すぐにでも辞めるわ」

「ありがとう。僕は希代美が心配なんだ。僕の給料があれば、そんな仕事する必要なんてないだろう」

「それってプロポーズ？」

「イエスって言ってもらえるのならプロポーズってことにしておくよ」

「もちろんイエスに決まっているわ」

希代美は思いどおりの進捗に驚きながらも喜びでいっぱいだった。今度こそ幸せになれる。

16

淳美はフレンチレストランの前に戻っていた。バッグの中には先ほど買った出刃包丁が入っていた。春樹がレジでクレジットカードを出しているのが見える。あかねが一人店から出てきた。淳美はバッグから包丁を取り出した。春樹があかねに追いつき、腕を組んで歩きだした。淳美はゆっくりと二人の前に立った。春樹の顔に驚愕の表情が浮かんだ。あかねの顔が恐怖に歪んだ。淳美は包丁を両手で持ち、体重のすべてをかけて、あかねに体ごとぶつかった。あかねの叫び声が青山通りに響いた。春樹が力まかせに淳美とあかねを左右に分けた。

「誰か、救急車を呼んでくれ」

春樹はまわりを囲んだ人たちに向かって叫ぶと、倒れたあかねを抱きかかえた。あかねの薬指には今さっき春樹からもらったばかりのダイヤの婚約指輪が輝いていた。救急車とパトカーのサイレン音が近づいてくる。淳美は逃げもせずに、ただ呆然と立ちすくんでいた。

淳美があかねを刺殺した。光彦がその事件を知ったのは翌朝のテレビのニュースだった。人通りの多い大都会東京のど真ん中で起きた殺人事件は、トップニュースとして取り上げられていた。頭の中に靄がかかったようで、何も考えられなかった。希代美の声で我に返った。いつの間にか寝室に入ってきたようだ。

「テレビ見た？　淳美さんがあかねさんを」

「今見ていたところだ。やっぱり夢ではないんだね」

「どうしよう」

「どうしようって言ったって何もできないよ」

「警察に行ったほうがいいのかもしれない。何か教えてくれないかしら」

「そうだね。あっちも聞きたいことがあるだろう。午前中は休むと会社には電話を入れておこう」

希代美が着替えている間、光彦はテレビの画面に目を戻した。どの局もすでに別のニュースに変わっていた。

(淳美があかねを殺したのは僕のせいだろうか。僕の浮気が淳美を殺人にまで追い込んでしまったのだろうか。僕がしっかりしていれば、あかねは死なずに済んだのだろうか)

光彦の頭の中にいくつもの疑問が飛びかった。

(僕の優柔不断さがいけなかったのだ。僕があかねを殺したんだ。淳美だって被害者なんだ)

光彦は自分の指先が震えていることに気づいていなかった。


二人は警察署の一室に案内された。少しして警官が二人入ってきた。

「本日はわざわざ情報提供のためにご足労いただきまして、ありがとうございます。佐々木淳美容疑者の元の旦那様とその奥様だそうですね」

「はい。とにかくニュースを見て、居ても立ってもいられなかったもので。慌ててこちらに来ました。淳美はどうしてますか？　淳美に会うことはできないんですか？」

「残念ながら会わせるわけにはいきません。それに今は会わせられる状況ではありません」

「それはどういうことですか？」

「精神的に不安定でして、質問をしてもまったく反応がない状態なんですよ」

光彦は警官に問われるままに、自分と淳美、そしてあかねとの過去について正直に話した。自分と淳美、あかねは同じ職場で働いていたこと、初めはあかねと付き合ったこと、あかねと別れて淳美と結婚したこと、偶然あかねと再会し二人の関係が復活したこと、その浮気がバレて淳美と離婚したこと、その後は二人に会っていなかったことなど。希代美は何も言わなかった。光彦には希代美が淳美や春樹と顔見知りであったことを知られるわけにはいかなかった。二人は住所と連絡先を伝え、警察署を出た。結局事件の詳細は何も聞けなかった。

その日から光彦は無口になった。何を話しかけても心ここにあらずといった感じだった。うなされる夜も多くなった。光彦は目に見えて衰弱していった。希代美が病院へ行くよう頼んでも、光彦は聞く耳を持たなかった。

春樹は目の前の惨劇を止められなかった。あかねを失って、自分があかねを心の底から愛していたことに気がついた。それでも淳美を責める気はまったくなかった。あのときの淳美の狂気に燃えた瞳は永遠に忘れないだろう。ジゴロを気取りながら、淳美ときれいな別れ方ができなかった自分を春樹は責めていた。

希代美が家に戻ると、仕事に行っているはずの光彦の靴があった。家の中は真っ暗だった。希代美は光彦の名前を呼びながら、部屋を駆け回った。返事はどこからも聞こえてこなかった。鳥肌が立った。呼び声はいつしか叫び声に変わっていた。光彦は二階の書斎にいた。カーテンレールで首を吊っていた。その顔はロウのように白く、体は人形のように冷たく固まっていた。希代美はその場に座り込んだ。ただ光彦の表情のない顔を見つめた。どれくらいの時間が過ぎただろう。希代美は光彦の服の胸ポケットに手紙が入っていることに気づいた。それは光彦の遺書だった。

『希代美へ
まずは先立つ身を許してほしい。僕はもう疲れた。僕はこの世に生まれてきてはいけない人間だった。僕は人を不幸にしてしまう疫病神ではないかと思っている。それもこれも僕の優柔不断が原因だ。そのせいで最愛の女性である淳美を不幸にし、僕を愛してくれたあかねは命を失った。僕にはこの罪を償う方法がこれしか思いつかなかった。このままいても希代美のことも不幸にするのは目に見えている。希代美には感謝している。淳美と別れた苦痛の日々に安らぎを与えてくれたのは君だった。僕は君を幸せにすることで恩返しするつもりでいた。けれど、今回の事件はどうやら僕には荷が重すぎたみたいだ。情けないけれど、僕にはこれからの人生、この重荷を背負っていく勇気も覚悟も持てない。希代美を幸せにできるなんて思ったこと自体が僕の思い上がりだった。希代美は僕のことなんか早く忘れて、新しい幸せを見つけてほしい。希代美、ごめん。ありがとう』

(どうして自殺などしたの？　どうして私に相談してくれなかったの？)

流れる涙で遺書の文字が滲んだ。希代美は何度も何度も遺書を読み返した。しかし、何度読んでもその答は書かれていなかった。

いったいどこで狂ってしまったのだろうか。何をどうすれば、こんな結末にならなかったのだろうか。希代美は物言わぬ光彦に向かって問い続けた。

17

すべてのきっかけは友人の高沢淳美からの相談だった。夫の浮気の確証を得たいという淳美の望みを希代美は叶えた。その結果、淳美は精神病院へ入院した。次に高沢光彦と淳美を離婚させたいという遠藤あかねの望みを叶えた。その結果、あかねは淳美に殺された。そして遠藤あかねと別れたいという高沢光彦の望みを叶えた。その結果、光彦は自殺した。私は3人の望みを叶えてあげただけだ。その結果、私は光彦と結婚したいという自分の望みを叶えた。しかし、結婚生活は最悪の結果で終わった。4人の望みはすべて叶えられたはずなのに。これは仕方ないことだったのか。人生なんて誰にも予測できない奇妙なものだから。人知を超えた何かがこの世界を支配しているとしか言いようがない。

奇妙な人生のおまけとして、1年後に私は春樹と再婚した。光彦の生命保険があればなんとか生活はできそうだ。春樹と一緒ならば、もしかしたら、またアルバイトで小遣い稼ぎできないわけでもない。お金が続く限りは春樹も私から離れないだろう。もしかしたら、これが私にふさわしい幸せなのかもしれない。

時間にまつわる物語

これから皆さんにお話しするのは、時間にまつわるいくつかの物語です。信じる、信じないは皆さんしだいです。ただありふれた日常の中、ふとしたきっかけで、奇妙な世界に迷いこむことがあるということは、覚えておいていいはずです。これは、皆さんの身に起きても不思議ではない話なのですから。

皆さんは、時間というものが同じ間隔で流れていることに、疑問を抱いたことがありませんか。年をとってからのほうが、若いときより時間が立つのが短く感じられるという話は、皆さんもよく聞くでしょう。それだけではありません。休日の一日が、ボーッとしているとあっという間に過ぎてしまうかと思えば、お湯を注いだカップラーメンができあがるまでの3分間が、待ちきれないほど長く感じられるときもあります。ディズニーランドで過ごした恋人との時間は驚くほど早く過ぎていくのに、仕事中に時計を見ると、なかなか昼食の時間に近づいておらず、時間の遅さにいらだちを覚えるときもあります。あるいは2、3時間しか寝ていないはずなのに、疲れが消えてなくなっているときもあれば、たっぷり眠ったはずなのに、なぜか寝足りない気分のときもあるはずです。皆さんはそれをただの気のせいだと思っていませんか。確かに、人がそのときどきの気分や感覚で、時間を長く感じたり、短く感じたりするのも事実でしょう。しかし、もしもそれが気分や感覚などの問題ではなく、誰かがあなたの時間を操っていたとしたなら、皆さんはどう思いますか。

＊＊＊＊＊＊＊＊＊＊＊＊＊＊＊＊＊＊＊＊＊＊＊

《時間を盗まれた男の物語》

ある日の朝、会社へ向かう道の途中での出来事でした。仕事が溜まっていたし、夜には学生時代の友人たちと、久しぶりに飲む約束もあったので、僕はいつもより30分早く家を出ました。そして、いつもどおりのコースを、いつもどおりのペースで歩いて駅に向かいました。もちろん、意識していつもどおりのコースを、いつもどおりのペースで歩いたわけではありません。普段と変わらない日々の繰り返しを、無意識に実行していただけの話です。駅までは歩いて10分ほどかかります。その日も携帯電話で彼女とメールのやり取りをした以外は何も変わらずに、駅までの道を普通に歩いていました。当然10分前後で駅に着いたはずでした。それなのに、駅の時計はいつもと同じ時間だったのです。つまりは30分がどこかに消えてしまったわけです。

駅の時計が間違っているだけだろう。僕は自分の腕時計を確かめました。しかし、僕の腕時計も、ホームの時計とまったく同じ時刻を指しているではありませんか。もしかしたら、家を出た時間が間違っていたのでしょうか。いや、そんなはずはありません。僕は毎朝、テレビのニュース番組の画面に映る時間を見て、家を出ます。その日も、テレビに表示された時間を確かめてから、家を出たのを覚えています。僕は確かに、いつもよりピッタリ30分早く家を出ました。テレビ画面の時計が間違っていたなどという話は、今までに聞いたことがありません。

いつもどおりの時間発の、いつもどおりの電車がホームに入ってきました。とまどいながらも、僕はいつもどおりの電車に乗り、いつもどおりの時間に会社に着きました。その日は仕事に身が入らず、飲み会での友人との会話も、上の空で聞いているような状態でした。家に帰って、まずテレビの電源を入れました。画面の時計はやはり腕時計の時間と一致していました。いったい僕の身に何が起きたというのでしょうか。時間のはざまにある別の世界へ30分間だけ迷いこんでしまったのでしょうか。それとも僕はただ寝ぼけていただけなのでしょうか。僕は眠ることも忘れて考え続けました。考えているうちに窓の外が明るくなってきました。そして朝の7時になって、ようやく一つの結論を出しました。これはたぶん誰かに時間を盗まれたのだと。

人間には体内時計というものがあって、時計がなくてもおおよその時間の見当くらいはつくものです。たかが30分とはいえ、起きている間に時間が消えてしまえば、相当ぼんやりした人でない限り、誰だって気づくはずです。それなのに、時間泥棒の被害にあったという人には、まだ出会ったことがありません。試しに昨夜飲んだ友人に聞いてみましたが、「せっかく久しぶりに会ったのに、昨日のお前は何もしゃべらなくて、つまらなかった。ボーッとしていて、俺の話だってちゃんと聞いていたかどうかもわからないし。まったくお前に時間を盗られたようなものだな」などと言われる始末です。もしかしたら、犯人にとって今回が初めての犯行だったのでしょうか。いや、それにしては手口が鮮やかすぎます。僕の目の前から、30分とはいえ、僕に気づかれることもなく時間を盗んだのですから。

僕は時間を盗んだ犯人を見つけて、盗まれた時間を取り返そうと思いました。都合のいいことに、今日から三連休が始まります。犯人を探す時間はたっぷりあります。僕はどうやって時間泥棒を捕まえるかを考えました。

まずは、自分が人の時間を盗むとしたら、どうやって盗むかを考えてみました。一番盗みやすいのは、夜眠っているときでしょう。普通の泥棒と一緒で、夜寝ている間に盗めば、見つかる可能性が低くなります。そのうえ盗むのは時間です。朝起きても盗まれたのかどうか、本人さえ気づかないでしょう。まさか自分が眠っている間に、時間が盗まれたなどとは誰も思わないでしょうから。もちろん普通の泥棒なら、家を留守にしている間に盗むのが一番捕まらない方法です。いわゆる空き巣です。しかし、時間を家に置いて出かける人など一人もいません。時間はその人本人がいつも持ち歩いているものです。それにしても歩いている人から時間を奪い取るのは、あまりにも危険な行為と言わざるを得ません。無謀と言ってもいいでしょう。まあ僕自身、歩いている間に時間泥棒の被害に遭ってしまいましたけれど。でもそれは、犯行の手口が巧妙になったからなのかもしれません。もともとは夜中に時間を盗んでいた犯人が、日中の分野にまで手を広げたと考えたほうがいいでしょう。それとも、大急ぎで時間を盗む必要があったのかもしれません。それとも時間の量がいつもより多く必要になったのかも。

僕は三日三晩、寝る間も惜しんで考え続けました。駅までの道を何度も往復してみました。しかし、三連休はあっという間に過ぎ、結局僕は何も見つけることができませんでした。これ以上、僕の頭で考えても答を見つけることなどできないでしょう。皆さんの中で、もし時間泥棒の方法がわかった人がいましたら、ぜひ教えてください。お願いします。

《時間を運ぶ女の物語》

私は27歳の看護師です。私が働いている病院は救急の患者様も多く、救急車がひっきりなしにやってきます。残念ながら亡くなる患者様も大勢います。けれども私が担当する患者様は、今まで一人も亡くなっていません。単に運が良かったわけではありません。だからといって、献身的な看病で病気を治してきたわけでもありません。たかが看護師一人がいくら頑張っても、重病人が簡単に健康になどなるわけがないでしょう。それでは、なぜ私の患者様だけが亡くならないのでしょうか。皆様もきっと不思議にお思いでしょう。

世の中の人たちは、大人にしろ子供にしろ、いつも時間に追われています。誰もが時間が足りない、時間が足りないと口癖のように言っています。でも、世の中の人たちは本当に時間が足りていないのでしょうか。それほど毎日忙しいのでしょうか。私から見たら、世の中の人たちは時間を無駄にしているだけだと思います。いったい、今日これから会う人たちとメールやラインで、今すぐ会話をする必要などあるのでしょうか。スマートフォンのゲームをやめてしまうと何か体に不具合が発生するのでしょうか。電車の中や路上には、スマホ片手に画面を見ている人たちが溢れています。そんな人たちは時間を捨てているようなものです。

昔、中国の皇帝は、家来に不老不死の薬を全国探し回らせたそうですが、不老不死になるためにいくら世界中で薬を探しても、それは無駄な努力です。不老不死に必要なものは薬ではありません。不老不死に必要なのは時間だったのです。それなのに、彼らの通り過ぎた後には、数えきれないほどの命である時間が転がり落ちていたのです。

これは比喩ではありません。実は、私にはある能力が備わっています。私には時間が見えるのです。そしてそれを手にすることができるのです。私は町の中に溢れかえっている時間を拾い集めて、それを患者様に与えているだけなのです。亡くなるはずの患者様は、私が時間を与えている間は生きていられます。孫の顔を見るまでは意地でも生きてみせると言うおじいちゃんや、100歳の誕生日までは絶対に死にたくないと泣きながら訴えるおばあちゃんに、あるいは心臓病の夫を献身的に看病していた奥様のために患者である旦那様に時間を与えてきました。町に時間が落ちている限り、私はこれからもそれを拾って、自分の患者様たちに与えていこうと決めました。盗むわけではありません。ただ、人が勝手に捨てていった時間を拾い集めるだけなのですから、別に悪いことをしているわけではありません。それにしても、私たちの町には何とたくさんの時間が落ちていることでしょう。

ある日、私の病院に若い男性が入院してきました。彼はがんに侵され、余命1年を宣告されていました。私が担当につきました。一目惚れでした。世の中を斜めに見る、ちょっと不良っぽいところが、私の母性本能を刺激したのでしょうか。彼はまだ20歳です。彼には残された時間があまりにも少ないのです。彼にとって重要な時間を、他人は平気で捨てています。世の中不公平すぎます。私は拾ってきた時間を彼にも分けてあげることにしました。私は毎日彼に時間を届けました。

彼の回復ぶりは担当医も驚くほどでした。きっと私のこの能力は、彼を助けるために神様が与えてくれたものなのでしょう。片思いです。たぶんこれからも結ばれることはないでしょう。でも、私が時間を与えていることは彼には伝えていません。これからも絶対に言わないと、私は心に決めていました。

そんな彼が退院することになりました。体調がやや回復し、家での療養に切り替えることになったのです。私は止めようとしました。体調が回復したのは、私が与えた時間のおかげだったのです。退院してしまったら、私には彼の居場所がわからなくなってしまいます。そうなれば、もう彼に時間を与えることができなくなります。すなわちそれは、彼の死へのカウントダウンが再開することを意味します。しかし、患者の強い要望だと言われてしまえばどうすることもできません。退院の日、私は勇気を振り絞って、彼に話しかけました。

あなたが生きていくためには、私の与える時間が必要なことを。そして、あなたに時間を届けるためにも、あなたの住所を知る必要があることを。彼は初め、信じられないといった顔をして聞いていましたが、幸いなことに、最後には住所を教えてくれました。

それからは、彼の家に時間を運ぶのが私の日課になりました。当然、他の患者様に時間を与える余裕はなくなりました。それを機に、私の担当の患者様も亡くなり始めました。私の患者様たちは高齢者がほとんどです。もう充分人生を楽しんできた方たちばかりなのです。いつ亡くなっても、ちっともおかしくない方たちです。私が命の時間を与えていなければ、とっくに亡くなっていた人たちです。それに引きかえ、彼にはまだまだ人生を楽しむ時間が必要なのです。もちろん罪悪感はあります。しかし、もともと死ぬ運命だった人たちが、神様の元に旅立っただけなのだ。それを私が先延ばしにしてあげていたんだ。私はそう思うことにしました。

ある日のこと、私は落としたての時間ほど新鮮で長持ちするという事実に気づきました。何日も前に落とした時間は少しずつ劣化、つまりは減少していくのです。なるべく新鮮な時間を集めて、それを病気の彼に持っていくことにしました。今朝も前を歩いている若いサラリーマンが、携帯電話を片手に歩いています。指の動作からすると、たぶんゲームかメールでもしているのでしょう。時間を落としながら歩いていることに、本人はまったく気づいていません。私は後について、その新しい時間を拾っていきました。それを新鮮なうちに、早く彼の元へ届けなければいけません。報われない愛でかまわない。ただ彼に長く生きていてもらいたいだけ。それが今の私の望みなのです。

《時間を貢がれる男の物語》

世の中悪いこともあれば良いこともあるものだ。「塞翁が馬」という故事もあれば、「禍福はあざなえる縄のごとし」ということわざもある。そうそう「捨てる神あれば拾う神あり」という言葉もあったっけ。

俺にとっての悪いこと。それは胃がんになったこと。それもステージⅣ。医者から余命1年を宣告された。16歳から授業をサボって、仲間とつるんでは毎晩酒を飲んだ。酒に強いことが強い男の条件だった。そして、酒に強い男が女にもモテた。酔えば仲間を引き連れて、町へナンパしに出かけ、毎晩違う女をホテルに連れこんだ。あの頃の俺たちは抱いた女の数を競いあっていた。

胃に痛みが出始めたのは、確か19歳になったばかりの年の暮れだった。胃にむかつきを覚え、飲んだものをトイレで吐くようになった。ドラッグストアでビン入りの胃薬を毎日買って飲んだが、胃の痛みは徐々に激しさを増していった。吐瀉物に血が混じるようにもなった。それでも酒を飲めば飲むほど女にモテるのだから、痛みを我慢して俺は毎夜飲み続けた。その結果がこのざまだ。ある夜、俺は痛みに堪えきれず、仲間に救急車を呼ばせた。そしてそのまま入院生活。俺はまだ20歳だ。寝たきりの生活なんてストレスが溜まるだけでかえって体に悪い。それでも検査が終われば退院できると我慢した。ところが検査結果が出て、手術が必要だと言われた。そして手術が終わって医者から呼ばれ、余命宣告を受けた。手術はしたが、肺や肝臓にも転移が見つかり、もう手の施しようがないなんて言いやがる。他人の命だからどうでもいいと思っているに違いない。まあ、俺だって他人ががんで苦しんでいようと、そんなのは知ったことではないのだから、それも少しは理解できる。ただ、こっちはちゃんと金を払っているのだから、医者には俺を治す義務がある。このまま病院から出ることなく死んでいくなんて我慢できない。まだまだ酒も飲みたいし、女だって抱きたい。「頭にきたから、あの医者を殺してやる」と言ったら、おふくろが慌てて俺を退院させた。今は自宅療養中。強がってはみても、やっぱり死ぬのは恐ろしい。

そんな俺にもまだまだ運が残っていた。俺の元に、入院していた病院の看護師の女が、毎日時間を持ってきてくれるようになった。この時間さえあれば、俺は死なないで済むそうだ。俺がここまで回復したのも、入院中にこの女が俺に時間を与えていたからだと言う。どうやら俺のことを好いているようだ。不細工で俺の好みとはほど遠い女ではあるが。それにしても時間を持ち運びできるなんて、初めて知った。時間があれば長く生きていられることも。生きていれば、これからも初めてをもっと知ることができるのだろう。そう思うと、俺はまだ死にたくない。

最初にこの話を女から聞いたときは驚いた。っていうか、この女は頭がおかしいのではないかと思った。俺に会いたいから嘘の話をでっち上げて、俺の住所を聞きだそうとしているのかもしれないとも思った。ただ、俺の回復状況は医者にも説明できないらしいし、こっちは死にたくないのだから、死なないで済む方法があるのなら、一つでもいいから試してみたい。どうせ家に閉じ込められるのだろうし、暇つぶしにはなるかもしれないと考え、女に住所を教えた。女は時間を持って毎日家に来た。女は母親の勧めにも遠慮して、俺の部屋に来ることもなかった。一度、偶然顔を合わせたとき、笑顔で「ありがとう」と言ってやると、女は顔を真っ赤にして逃げるように帰っていった。他の男が見向くような女でもない。たぶん男性経験など一度もないのだろう。奇跡的にがんが治ったら、初めての男になってやってもいい。まあ、どうせ一度きりなのだから、こっちも最上のサービスでもしてやるか。なにしろ、今俺が生き延びるためには、あの女の存在が必要なのだから。

時間には新しいものと古いものがあることも、今回初めて知った。女が最初に持ってきた時間はくすんだ色をしていて、もらっても有効に使うことができなかった。女もそれに気づいたのだろう。ある日から新鮮な時間を持ってくるようになった。新鮮な時間は光り輝いていて、その時間を使えば好きなことができた。最初のうちは近所を散歩するだけだった。それでも子供の頃に遊んだ公園を歩いているだけで幸せな気分になれた。生きていることを実感できたと言っても大げさではないだろう。寝たきりで体を起こすだけでもキツかったのだから、それも当然だろう。しかし、若い俺が散歩だけで満足できるはずもない。やっぱり生きている間にもっともっと酒も飲みたいし、女も抱きたい。俺は再び夜の町へ繰り出すようになった。酒と女に身を任せる毎日。昔の生活が戻ってきた。あの女さえいれば俺は生き続けることができる。あの女さえいれば俺はこの生活を維持できる。「バカとハサミは使いよう」と言うが、「バカな女は使いよう」だと俺は言いたい。バカな女は使えるだけ使えばいい。

《時間を売る男の物語》

息子ががんになった。あと1年しか生きられないと医者は言っていた。親から見てもどうしようもない息子だが、やはり余命宣告されたとなればショックで頭の中が真っ白になる。将来は自分の会社を継がせるつもりで一流大学にも入れたのに。息子の頭では到底入れるような大学ではなかったが、金さえあれば世の中どうにでもなるものなのだ。それなのに、あいつは1年も経たずに勝手に大学を辞めた。あいつには今までにどれだけ金をかけたかわからない。社会勉強だからといって、小遣いを与えすぎたのがいけなかったのかもしれない。すぐに手術をしたが、すでに体中に転移していて、もうどうすることもできないそうだ。入院生活に入ったが、いくら病気とはいえ医者や看護師の言うことをおとなしく聞くような奴ではない。妻の元に病院から苦情の電話が何度も入ってきた。妻から「あの子がお医者様を殺すなんて言っている」と聞いたとき、あいつなら本当にやりかねないと思い、急きょ退院させることにした。後は看護師でも雇って任せておけばいい。

突然、息子の具合が良くなってきた。食事も摂れるようになって、痩せ細っていた体も以前と変わらないほどにまで戻った、と妻から聞いた。顔の色ツヤも良くなったらしい。奇跡が起きたのだろうか。妻が息子に聞いたところによると、「入院していた病院の看護師が俺に惚れていて、俺に時間を持ってきてくれる」そうだ。それを聞いて、すぐにひらめいた。長生きは全人類の望みであり、それを時間が叶えてくれるのならば、誰もが時間を欲しがるだろう。金儲けのチャンスだ。どうにかして時間を集める方法を考えなければいけない。今のところはその看護師しか時間を扱えないようだから、その女から時間を仕入れるしかない。ただし時間が金になることがわかれば、その女だって簡単には時間を渡してはくれないだろう。そこで息子の病状が悪化したことにして、その女に多くの時間を持ってこさせようと考えた。

時間は思いの外、高値で売れた。インターネットの威力がこれほどまでとは、始める前には思ってもみなかった。まさにタイムイズマネーだ。需要に供給がまったく追いつかない。当たり前だ。一人の女に頼っての商売なのだから、仕入れる量には限度がある。時間を買いたいという顧客は山ほどいる。なんとかもっとたくさん時間を集めなければならない。たかが看護師風情に毎日頭を下げるのもシャクにさわる。そこで自分も息子を助けたいから時間拾いを手伝わせてくれと女に伝えた。女は喜んで時間拾いのコツを教えてくれた。最初は女の後に付いて、女が拾った時間を受け取るだけだったが、しだいに自分にも落ちている時間がわかるようになってきた。この女は拾った時間が大金に変わることにまったく気づいていない。恋するとまわりが見えなくなるというが、まさにそんな状態なのだろう。こちらにとってはありがたいことだ。あとはいかに秘密裏に時間拾いする人間を集めるかだ。

それにしてもインターネットの力には恐れ入った。高額アルバイト募集に大勢の人が殺到した。こんな怪しげな広告に食いつく奴がいるのかとも思ったが、それは杞憂に終わった。ただ、こんな広告に応募してくる奴らだ。この中から信頼できる人間を探し出すという重要な仕事がまだ残っている。秘密が外に漏れでもしたら、この商売を独り占めできなくなってしまう。

今日も若い女性が面接を受けに来た。誠実そうな娘で、世の中のためになる仕事だと言うと目を輝かせていた。ただ少し不安もある。頭の回転が早そうな娘なので、こちらの目的を知られてしまう恐れもないとは言えない。しかし、そんなことを言っていたら物事を先に進められない。商売にはリスクがつきものだ。今はとにかく人集めする必要がある。

《時間を拾い集める女の物語》

彼氏から時間を30分盗まれたと聞いたときは、正直この人大丈夫かしらと思いました。でも詳しく話を聞いてみると確かに不思議な話です。聡明だとは決して言えない彼だからこそ、逆にこんな作り話など考えられるはずもありません。だからといって、30分間ボーッとしていて、時間が過ぎるのを忘れてしまうほどの間抜けでもありません。本人はすぐに犯人探しをあきらめてしまいましたが、私は是非ともこの謎を解いてみたいと思いました。手始めに時間泥棒についてネット検索してみました。ミヒャエル・エンデの『モモ』とジェイムズ・P・ホーガンの『時間泥棒』という本の紹介や、話が無駄に長かったり、約束を守らなかったりする抽象的な意味での『時間泥棒』に関する対応策など、参考になる情報は見つかりませんでした。それならばと私は裏社会のサイトを検索して、怪しいと思った情報を片っ端から読み漁りました。

ある夜、いつものように裏サイトを見ていると、『高額アルバイト　時間を集める人募集』という広告を見つけました。読んでみると時間を拾ってくれる人を大量募集しています。ビンゴ。私はすぐに応募画面に登録しました。

面接は銀座にある喫茶店で行われました。いかがわしい人物を想像していましたが、そこで待っていたのは意外にも白髪の紳士でした。ブランド物のスーツは着慣れた様子で、眼鏡やネクタイも高級品です。指にはダイヤの指輪が輝いています。落ち着いた優しい声でその紳士は話し始めました。

「不思議な広告でしたから、ここへ来られるのは不安だったでしょう。けれどもこれはまったく怪しい話ではありません。もちろん犯罪になるようなことでもありません。しかし、悪用される可能性もある話なので、あまり多くの人の目に触れないようにしたいのです。ですから、ここで聞いた話は決して誰にも話さないでください。やっていただきたい内容をこれから説明いたしますが、やるやらないはあなたの判断にお任せします。よろしいでしょうか」

他言しないことを約束したうえで、紳士が語ったところによれば、道端には人々が無駄に捨てていった時間がたくさん落ちていて、やり方さえ覚えれば誰でもその時間を拾うことができるようになるそうです。その拾った時間を、若くしてがんになった子供たちに寄付するための協会を設立したとのこと。子供たちはその与えられた時間分長生きできるのだそうです。紳士は世の中のためになるやりがいのある仕事であることを強調しました。そのうえ拾ってきた1時間分の時間に対して2000円を払うと言います。1時間の時間を拾うのには30分くらいかかるそうなので、時給換算すれば4000円になります。確かに高額アルバイトです。「3日後までに返事をすればいいから」と紳士は言って、レシートを手に店を出ていきました。

時間泥棒の謎は解けました。彼氏はただボーッと歩いて30分の時間を無駄に捨てていただけだったのです。それがわかれば、残る問題はこのアルバイトを受けるかどうかです。これからの社会、女性も手に職を持ったほうがいいに決まっています。時間を拾う技術を手に入れることは、必ずや将来役に立つに違いないでしょう。時給も高いうえに社会のためになるというのならば、やらないという選択肢はないではありませんか。副業でもやれそうだし、彼氏との海外旅行の費用にもあてられます。私はこのアルバイトを受けることにしました。

仕事の合間に時間を拾い集め、毎週土曜日に集めた時間を届けるのが日課になりました。毎日30分で5日間に5時間集めます。それで給料は1万円もらえます。他のアルバイトと違って空いている時間にできるのも利点です。小遣いが足りないときには、いつもより多めに時間を拾えば、その場しのぎにもなります。良いアルバイトを見つけたと思いました。

ある日、浮浪者が近づいてきて「時間を集めて何に使っているのか」と聞いてきました。誰にも教えてはいけないと約束していましたので早足に逃げましたが、追いかけてきます。必死に走りましたが、やはり男の足にはかないません。とうとう追いつかれてしまいました。私は早く男から離れたいがために、「がんになった子供たちのために時間を集めている」と話してしまいました。男は少し考えを巡らせるかのように天を見つめていましたが、「ありがとう」と言って、あっさり立ち去りました。ちょっと惜しい気もしましたが、恐くなって私はこのアルバイトを辞めました。

《時間を食らう男の物語》

私の主食は時間です。昔は時間を作る人がたくさんいて、できたての時間をお裾分けしてもらえたのですが、時間を作る人が一人減り、二人減り、とうとう今では一人しか残っていません。そうなれば忙しすぎて、私になど構っていられないのも当然です。しかたなく、私は道に落ちている時間を拾って食べるようになりました。初めは古くなった腐りかけの時間を食べることに抵抗がありました。毎日できたての新鮮な時間ばかり食べていたのですから。漁師がスーパーの安売りの刺身を買って食べようと思わないのとおんなじですす。でも背に腹はかえられません。まずい時間でも食べなければ生きていけないのですから。

まずい食べ物だって毎日食べていれば慣れてくるものです。なぜだかわからないけれど、最近は昔と比べて落ちている時間の量も激増しています。新鮮な時間も増えているみたいです。おかげさまでひもじい思いはしないで済みます。

そんなある日、いつものように時間を拾いに町に出ると、私の前を歩いている若い女性が時間を拾っているではありませんか。時間を拾う人に出会うのは初めてでした。私は仲間意識から声をかけようと思いました。しかし、女性は急ぎ足で先へ行ってしまいました。私も慌てて後を追いました。女性はある小さなアパートの2階に上がっていきました。家に帰って昼食でも摂るつもりでしょうか。もちろん食べるのは時間です。女性がアパートのブザーを鳴らしました。あれ、それではこのアパートは彼女の部屋ではないということになります。戸口で中にいる人と会話をしています。5分ほどで女性は階段を降りてきました。さっきまで時間がいっぱい詰まっていたバッグは空になっていました。きっとアパートの住人に渡したのでしょう。すると時間を食べるのはそのアパートの住人なのでしょうか。気になって何度かアパートの前まで行ってみました。すると行くたびに入れかわり立ちかわり時間を持ってアパートに人が入っていくではありませんか。そして部屋から出てくるときには、入る前に持っていた時間は身につけていませんでした。一人が持ってくる時間は、わたしが丸一日食べても余るほどの量がありました。一日に5人が時間を持ってくるとしたら、アパートの住人は一週間分の時間を一日で手に入れていることになります。実際には10人以上の人がアパートを訪ねたこともありました。アパートは単身用のワンルームと思われます。部屋に何人も住んでいるとは到底思えません。それではアパートの住人は集めた時間を何に使っているのでしょうか。好奇心を抑えられずに、私はアパートから出てきた若い女性に聞いてみました。初めはとぼけていた女性でしたが、私が何日もアパートを見張って、時間を運んでくる人たちを目撃したことを伝えると、誰にも言わないという条件付きで話してくれました。がんになった子供たちを救うために時間を集めて、それを協会の理事長に届けているというのです。1時間2000円だそうです。すぐにうさん臭さを感じました。彼女の話が本当ならば、こんなちっぽけなアパートを借りて、こそこそやるようなことではありません。世の中のためになることなのだから、もっと大々的に宣伝したほうがたくさんの時間を集められます。それを隠れてやっているのだから、そこには何か裏があるに違いないでしょう。彼女が正直に話したことは目を見ればわかります。時間を集めているアパートの住人こそが一番怪しいと思われます。時間を売っている可能性が高そうです。時間売買のサイトをチェックしてみました。専門家などの時間をチケットにして販売する広告が並んでいます。自分の時間を使わずに、人の時間を買って、やってもらいたいことをやってもらうシステムのようです。一件一件読み進めていくと、あるサイトに「本物の時間が欲しい方はこちらへ」と書いてあるのを見つけました。それは時間を買える、本物の時間を買えるサイトでした。価格は1時間当たり10万円でした。理事長と呼ばれている男は、おおよそ一日30時間はアルバイトから時間を集めていました。一時間の時間に2000円払うとして、一日30時間集めると6万円の支出となります。それ以外にはアパートの家賃くらいしか原価はかかりません。それすらボロアパートですから、月々せいぜい5万円くらいでしょう。1時間を10万円で売れれば、300万円の売上になります。利益は294万円です。自分は何もせずに一日にこれだけの現金が手に入るのですから、ぼろ儲けです。だからといって犯罪なのかどうかはわかりません。人が捨てたものを拾っているだけなのですから。

結局、私にはこれ以上もう何をすることもできません。ただ黙って見なかったことにするだけです。なんせ大きな騒ぎにでもなれば、みんなが金儲けのために時間を拾うようになるでしょう。そうなれば、私は自分が食べる分を確保するのも難しくなってしまうのですから。

《時間を作る女の物語》

私は時間を作ることを生業としています。私の家系では、代々時間作りを行ってきました。私たちの作った時間を、皆様に有意義に使ってもらえると、神様から食べ物をいただけます。決してぜいたくのできる量ではありませんが、私たちが作った時間を大切に使ってもらえることが嬉しくて、この商売を大変誇りに思っています。昔は時間作りをしている人たちが、私の家系以外にもたくさんいたと聞いています。しかし、今は私だけしか残っていません。他の商売と同様に、この業界も後継者不足になり、どんどん廃業に追い込まれたのです。それに、今の人たちは時間を有効に使ってくれません。そうなれば当然神様からもらえる実入りも少なくなります。もともと一人孤独にコツコツと、地道な作業を毎日ひたすら行わなければならない仕事です。プライドだけで仕事をしているようなものなのに、作った時間が無駄に捨てられてしまうのですから、そのプライドさえもズタズタに引き裂かれてしまいます。今の若い人たちが後を継ごうと思わなくても、それはしょうがないことなのです。

なんせ私一人で全世界の人間の時間を作るのだから、それはそれは大変な作業です。私には子供もいなければ、弟子もいません。あまりに忙しすぎて結婚なんてしている暇もありませんでした。そのうえ、子供を作る時間など到底あるわけがありません。

私自身は死ぬまで時間を作り続けようと思っていますが、もし私が死んだらこの世の中はどうなるのでしょうか。時間のなくなった世界をあなたは想像できますか。他の生き物と同じように今だけを生きる存在となってしまうのでしょうか。おかげさまと言っていいのかわかりませんが、今の世の中には時間がたくさん落ちています。新しい時間がなくなったとしても、それを拾っていれば当分の間は持ちこたえられるでしょう。私だってもう年寄りです。あと何年この仕事を続けられるかわかりません。作った時間を自分で使えば永遠に仕事を続けられるだろうって？　それはご法度です。それに私だって人間です。自分の作った時間たちがぞんざいに扱われてしまっては、私のやる気だってなくなってきます。辞めたいという気持ちは年々大きくなっています。それでも時間作りの家に生まれてきてしまったのですから、辞めるわけにはいきません。これも宿命です。時間作り最後の職人として、死ぬまで仕事を全うするつもりでいます。あとは残った皆さんが考えればいいだけの話です。

《時間のない世界を生きる男の子の物語》

本を読んでいたら、『時間』という言葉が出てきた。意味がわからないから辞書を調べたのに、『時間』は載っていなかった。物知りのおじいちゃんに聞いてみると、おじいちゃんが若い頃には『時間』というものがあったそうだ。それは地球にもともとあったものではなくて、人間が作り出したものなんだって。あまりにも人間たちが『時間』を無駄にするものだから、『時間』を作っている人たちが『時間』を作るのをやめたそうだよ。だから、『時間』を知らない人が増えているんだ。

でも、まだ僕にはわからないことだらけなんだ。『時間』がなくたって、僕も僕の友達も、なんの不自由があるわけじゃない。『時間』なんていらないものを、なぜ人間はわざわざ作ったんだろう。おじいちゃんに聞いてみたら、「人間が人間を管理するために、昔は『時間』が必要だったんだ。時間を管理するのは偉い人たちで、それ以外の人たちは時間に縛られて生きていたんだよ」って。

「人間が『時間』というものを作ることによって、新しく『未来』っていうものが生まれたんだ。『未来』が生まれると、次に『貯蓄』っていうものが生まれて、この『貯蓄』をたくさん持っている人が偉い人と呼ばれていた。『未来』というものができたから、『貯蓄』というものが必要になった。偉い人たちは『貯蓄』をさらに増やすために、それ以外の人たちを『時間』で縛りつけた。でも、人間っていう生き物は不思議なもので、管理されることに慣れてしまう。慣れてしまうと、管理されているほうが楽になる。だから、『時間』なんて必要ないと思う人は一人もいなかった。人間たちは『貯蓄』を奪い合うために『戦争』っていう人殺しをたくさんしたんだよ。『時間』なんてものを作ったばっかりにね。たぶん『時間』を作る人たちがいなくならなければ、今でも『時間』というものはなくなっていなかったかもしれない」

今度は『今』の意味がわからない。

「おじいちゃん、『今』ってなーに」

「そうかそうか。『時間』を知らない人は『今』だって知らなくて当たり前だ。『時間』が存在しない世界では、『今』だって存在しない。そもそも『今』っていうのも『時間』の一つだから」

おじいちゃんは一呼吸おいてから、話を続けた。

「『時間』がなくなってしまったおかげで、『今』の説明が難しくなってしまったけど、『今』っていうのは、生きている瞬間瞬間のことを言うんだ。でも、言ったそばから『今』は消えてなくなってしまう。結局、『時間』がないんだから、『今』もない。それしかおじいちゃんにも言えないよ」

『今』についてては意味がわからなかったけど、僕たちは『貯蓄』なんて気にしたこともないし、おかげで『戦争』で殺し合いだってしないで済んでいる。他の動物と一緒で、ただ自由に生きていられる。『時間』がなくなって、本当に良かったなぁ。

雲を描く男

　松本貴史が初めて描いたのは雲の絵だった。幼稚園に入って、画用紙と新しいクレヨン箱を与えられて、貴史は生まれて初めてお絵描きをした。白い画用紙をじっと見つめ、おもむろにクレヨン箱から白いクレヨンを取り出すと、貴史は画用紙いっぱいに白を塗りたくった。画用紙の白にクレヨンの白が浮かび上がった。わずかに残った隙間に一瞬戸惑いを見せたが、「うん」とうなずくと今度は青のクレヨンで余白を一気に塗りつぶした。まわりの園児たちはお家や花の絵、お母さんの顔など子供らしい絵を描いていた。

「貴史君は何を描いたの？」

　青と白しか使っていない風変わりな絵を描いた貴史に保育士が尋ねた。

「見ればわかるでしょ、雲の絵だよ」

「どうして雲を描いたのかな？」

「だって雲が大好きだから」

　貴史は瞳を輝かせながら、無邪気な笑顔で答えた。

貴史は小さい頃から病弱で、あまり外で遊べなかった。いつも自分の部屋から窓の外を眺めていた。何時間見ていても飽きることなく、ただひたすらに雲の行方を目で追っていた。いつしか貴史は雲に魅せられていた。

「ねえ、ママ。雲ってすごいんだ。毎日全然違う形をしているんだ」

あたかも自分が発見したかのように両親に自慢げに話した。だから貴史は雲ひとつない青空が大嫌いだった。しかし、それ以外は他の子供と変わったところもなかったので、両親もさほど心配していなかった。

小学生になって、貴史の雲好きはさらに拍車がかかった。図画の時間には雲の絵ばかり描いていた。『空を食べる雲』は、濃い青の夏空の向こうから雲が広がってくる絵だ。北海道のソフトクリームみたいなふわふわの入道雲がものすごい勢いで迫ってくるかのように描かれていた。『雲のけんか』は今にも雨が降りだしそうな雲が空全体を包みこんでいく絵だ。真っ白い雲に薄暗い雲がぶつかって、灰色に入り混じっている様を取っ組み合いのけんかに例えた。それ以外にも秋の雲を描いた『空のさざなみ』や飛行機雲を描いた『飛行機のフン』など、題材に困ることは一度もなかった。だって、雲は毎日違った顔を見せてくれるのだから。

小学校六年生の夏休みには、「雲を上から見たい」という貴史の願いを叶えるために、家族で海外旅行に出かけた。このとき飛行機の窓から見た雲を描いた『雲の浮き島』は、濃淡まだら模様に広がる海原の上に白い雲が点々と連なって、まるで天空に浮かんだ島々のように幻想的な絵に仕上がっていた。この絵は地域の絵画コンクールに出展され、小学校高学年の部で金賞を受賞した。この頃の貴史の将来の夢は、プロの絵描きになることだった。

中学、高校と美術部に所属し、貴史は雲を描き続けた。高校時代の代表作『夕焼け雲の消沈』は、夕陽が沈むにつれて雲の暖かい赤が薄れていき、最後は藍色に呑み込まれていく情景を時間ごとに描いた7枚の連作だった。

「松本君の雲には命が吹き込まれていて、そのときどきの心情が一つひとつ表現されている」

美術部の顧問はそう言って、貴史の絵に一目置いていた。高校卒業を目前にして、顧問の先生の後押しで、松本貴史は『雲を描く』という個展を開いた。この個展は一介の高校生が開いたとは思えないほどの大盛況に終わった。無名の高校生は、一夜にして美術界から期待の新星と呼ばれる存在になった。

誰もが美術大学に進むと思っていた貴史が選んだのは、ある大学の政治学部だった。この美術界をがっかりさせる意外な選択には、松本貴史が生きた時代の潮流があった。この時代の世界は自由競争の末の国家間の格差拡大、それに伴う各国のナショナリズムの台頭により対立が激化していた。各国で軍事力の強化が図られ、いつ戦争が起きてもおかしくない、一触即発の情勢だった。科学の発達により核爆弾が簡単に作れるようになると、それぞれの国で公然と核開発が進められた。第三次世界大戦、核戦争やむなしといった空気が世界に蔓延していた。日本も例外ではなく、大統領制へ移行したのをきっかけに、他国に追いつけとばかりに核開発が急速に進んでいた。もともと存在意義を問われていた国連は、今やその役割を放棄したと思わざるを得なかった。貴史が高校を卒業する頃には、日本も核保有国となっていた。大学生を中心とした若い世代がそれに反発して立ち上がった。毎日のように平和を求めるデモが行われた。

貴史も積極的にデモに参加した。「戦争反対」、「核の廃絶」、「世界に平和を」、「子供たちに明るい未来を」、スローガンの書かれた旗やプラカードを持ち、シュプレヒコールを繰り返した。貴史の夢はいつしか絵描きから政治家へと変わった。もちろん、最終目標は大統領になって、平和な世界を取り戻すことだった。

大学に入って、貴史が運良く見つけたアルバイトは、政権与党である人民党の大物政治家、峰岸龍一郎の選挙運動の手伝いだった。これが貴史の政治家に向けた第一歩となった。峰岸龍一郎は国民のためなら命をなげうってもいいという信念を持つ、今や絶滅危惧種のような真っ当な政治家だった。生活は質素で、政治資金も一円単位で領収証を秘書に管理させていた。幅広い世代から意見を集めるため、選挙区内の老人会や主婦の集まり、大学での意見交換会など、多くの人たちから話を聞き、政策立案に役立てていた。与党からだけでなく、野党からも信頼され、政治家から尊敬される政治家と呼ばれていた。

貴史は正義を貫き、それに向かって積極的に行動を起こす、そんな峰岸をすぐに尊敬するようになった。峰岸のすべてを吸収しようと、貴史は大学の講義の合間をぬっては峰岸の事務所に通いつめた。

大学を優秀な成績で卒業した貴史は、その熱心さを買われ、正式に峰岸の秘書に就いた。秘書時代の貴史は政治家になるための知識や技量を吸収するのに必死だった。そんな貴史を、峰岸はまるで自分の孫のようにかわいがった。跡継ぎがいなかった峰岸は、自分の後継者は松本貴史しかいないと決め、自分の知識や経験を惜しみなく貴史に注入していった。

「貴史、政治家というのは誇り高い仕事であり、やりがいのある仕事でもある。なぜだかわかるか。それは国民のためにする仕事だからだ。これほどやりがいのある仕事は他にないと言っていい。しかし、昨今の政治家は国民のことなどまったく考えていない。能力もなく、自分の欲望を抑えることもできないくせに、自己顕示欲と虚栄心だけは一人前以上ときている。日本だけじゃない。世界の主要国と言われる国でも、そんな奴らがトップに立っている。お前はそういう政治家だけには絶対になるんじゃない。政治家は国民のために命を懸けるからこそ、誇り高き仕事なのだ」

「政治家にとって一番大切なことは国民の声を聞くことだ。自分と反対意見を持つ人の話だって聞かなければいけない。いや、そういう人の話こそ聞く価値があると言える。その際注意が必要なことは、決して相手を言い負かそうとするのではなく、相手の立場に立って話を親身に聞くことだ。ただし、自分の信念だけは曲げてはいけない。それを変えてしまえば、誰からも信用されなくなる」

「人の意見をなぜ聞くのか。それは行動を起こすためだ。ただ聞くだけなら誰でもできる。大勢の人から聞いた意見を参考に、何をすべきかを判断し、それを実行するのが政治家の役割だ」

「これからの政治家は国内だけ見ていればいいというものではない。日本国内で解決できる問題は少なくなってきている。世界に対して何ができるかを考えろ」

峰岸龍一郎の数々の言葉は、貴史にとってバイブルになった。貴史は峰岸龍一郎のような政治家になろうと心に決めた。

忙しい最中でも、貴史は時間を見つけては雲の絵を描いた。雲を描く時間は貴史にとって唯一自分を取り戻せる時間だった。雲を描いていれば日頃の疲れなどすべて忘れることができた。貴史にとって、雲を描くことはすでにライフワークになっていた。

政治家になるチャンスは想像以上に早くやってきた。峰岸が病に倒れ、政治家を引退することを決意したのだ。峰岸はその後継者に予定どおり貴史を指名した。貴史は峰岸所属の党から公認を受け、なんと26歳という若さで初当選を果たした。

議員になると秘書時代と比べてさらに忙しくなった。新人議員ともなると覚えなければいけないことが山ほどある。それに加えて、時間が空けば地元に帰って支援者回りや、いろいろな催しにも顔を出さなければいけない。貴史のスケジュール表は毎日ぎっしりと埋められていた。これもすべて大統領になるための試練だ、貴史は自分にそう言い聞かせていた。

議員になってからの貴史には絵を描いている暇などまったくなかった。空気中の水蒸気の粒が上昇して雲を作り上げるように、貴史の中にストレスの粒が蓄積され、徐々に膨れ上がっていった。

その後、貴史は若手のホープとしてテレビにも積極的に出演した。

「日本は唯一の被爆国として核の恐ろしさを世界に向けて発信していく義務があります。広島と長崎の悲惨な体験から逃げてはいけません。今や被爆者は減少する一方です。この経験を風化させないためには、私たち若者が引き継いでいくしかないのです。人間は今そこにある欲望の前では、過去の過ちなどいつでも都合よく忘れてしまう生き物なのです」

「核に頼った平和など本当の意味での平和ではありません。いつか理性を失った国家やテロ組織によって、世界は破滅へと導かれるでしょう。だからこそ核は廃絶しなければなりません。一部の国家が持つことも認めてはならないのです。核を持つ国と持たない国があること自体が紛争の種になるのです」

「世の中から戦争をなくすのは簡単なことではありません。けれど核戦争になれば人類は滅びるのです。その危機から逃れる道を探さなければいけません。そのために何ができるか、それを考え、実行していくのが政治家の使命なのです」

「戦争をなくす一番の方法は貧富の差を是正することです。日本は世界で富の再分配に成功している数少ない国家でした。社会主義国ではなく、資本主義の国でも富の再分配ができることを日本は証明したのです。それが今や勝ち組と負け組にはっきりと二分され、その差は広がるばかりです。昔の日本を取り戻し、この日本的システムを基本に据えた、新しい世界秩序の構築を図らなければいけません。世界を引っ張っていけるのは日本だけなのです」

貴史の平和を訴えるメッセージは若い世代から熱狂的に迎えられた。それに伴い、貴史の党内での発言力も着実に大きくなっていった。

それから10年の月日が流れ、貴史は重要閣僚や党役員を歴任し、自らのグループまで立ち上げた。そして36歳という若さで、ついに大統領選挙への出馬を決意した。若さを前面に押し出した『核を廃絶し、世界平和を実現する』選挙公約は若者だけでなく、すべての世代から支持された。今や時代が松本貴史を求めていた。

選挙結果は、大方の予想どおり松本貴史の圧勝に終わった。最年少36歳の大統領の誕生。貴史の夢が叶った瞬間だった。

大統領室の大きな椅子に腰かけて貴史は大統領になった実感を味わっていた。部屋全体を見回す。壁には歴代大統領の顔写真が掛けられている。短いようで長い道のりだった。そういえば雲の絵を描かなくなってどれくらいの月日が流れたのだろう。貴史は昔描いた雲の絵数点を部屋に飾らせた。

しかし、貴史に立ち止まっている時間はなかった。大統領になることはあくまでも手段であり、目的ではない。これからが正念場であることは貴史にもわかっていた。核を廃絶し、世界平和を実現するためにやらなければいけないことは山ほどある。それまでとは比較にならない過酷な毎日が始まった。朝早くから夜遅くまで、スケジュールは毎日1分単位で埋まっており、そのうえ夜中は核廃絶のために何をなすべきか、国民に何を訴えていくべきかをまとめるために徹夜になる日も少なくなかった。核保有国との外交交渉や国内の各種団体との意見調整、国民向けの記者会見、若者との懇談会など、息つく暇もない過密日程をこなす日々が続いた。

国民の声に応えなければいけないという使命感だけが貴史を突き動かしていた。選挙公約を達成することが貴史に与えられた使命だった。それに向かって奮闘する貴史の姿に、もともと高かった支持率はさらに上昇した。しかし、支持率の上昇にあわせて、貴史のストレスも日増しに拡大していった。

貴史の目標は核の廃絶だ。昔どこかの大統領が国連できれいごとの核廃絶演説を行い、ノーベル平和賞をもらったが、結局世界は何も変わらなかった。いや、それどころか悪化の一途をたどっていると言えよう。言葉では駄目だ、行動を起こさなければ何も進まない。まずは日本が率先して核を廃棄しなければいけない、と貴史は国民に訴えた。しかし、世界同時に核をなくさなければ、核を失った日本の地位は低下し、それを世界に広げていく力すら失ってしまう、そう言って野党だけでなく、与党内からも異論が出た。世論調査でも、日本が最初に核を廃絶することに反対する意見が大半を占めた。かといってすべての国がそんなに簡単に核を捨ててくれるわけがない。貴史は各国の首脳と会談を行うために世界中を走り回ったが、色好い返事を返してくれる国は一つもなかった。貴史はジレンマに陥っていた。

どうしてなんだ。貴史は憤っていた。世界中の人々は平和を求めてやまないのに、なぜそこに国家が介入すると、それを邪魔立てするのだろうか。そもそも国家は、平和を求めている国民が作っているはずなのに、なぜその国家は平和を求めないのだろうか。まずはどこか一国でも核を廃絶すれば、それが流れとなって世界全体の核廃絶につながる可能性が高まるはずだ。どうして国民までがそれに反対するのだろうか。核を廃絶するために国民は自分を大統領に選んだはずなのに、どうして核廃絶の邪魔をするのか。これでは国民も結局は平和を求めていないとしか考えられないではないか。貴史は国家のエゴ、国民のエゴの前に立ちすくむしかなかった。自分は何のためにこれほど頑張っているのか、それがわからなくなってきた。貴史は体力的にも精神的にも疲れはてていた。

ある日、ひと仕事終えて大統領室に戻った貴史は椅子に座り、ふと窓の外を見た。朝から降っていた雨が上がり、雲の切れ間からいく筋もの光の帯が天と地をつなぐかのように降りそそいでいた。その神の作り上げた光景に鳥肌が立った。それは貴史が生まれて初めて見る雲の表情だった。貴史は知らず知らずのうちに子供時代を思い出していた。雲を飽きるまで見ていられた時代、雲をいつでも好きなときに描いていられた時代、それがはるか昔の出来事に思えた。

もう核なんてどうでもいい。もう平和なんてどうでもいい。クソくらえだ。とにかく雲を描きたい。何もかも忘れて雲を描きたい。無性にそう思った。

そのとき貴史の頭の中に一つの記憶が甦った。小学校二年のときにテレビのドキュメンタリー番組で見た白黒映像の雲。その画面に貴史の目は釘づけになった。その美しくも力強い雲にあこがれを抱いたことも思い出した。いつかあの雲を描きたい、心の中でずっと思い続けていた。忙しさの中ですっかり忘れていたが、貴史にとってそれは究極の雲だった。今の自分にはあの雲を作り出す力がある。あの小学校二年生の8月15日、テレビに映った、広島の空に浮かんだ究極のきのこ雲を、今の自分は実際に見て、描くことができるのだ。ストレスが限界に達していた貴史にとって、それは非常に魅力的な考えだった。

松本貴史はためらうことなく、核ミサイルの発射ボタンを押した。

不運な殺人者

川上武志が家に帰ると、珍しく妻の香澄が玄関先で出迎えた。

「ただいま」

「おかえりなさい」

武志は鞄を妻に渡しながら言った。

「どうかしたか」

「変な手紙が来たの」

香澄は眉をしかめながら、武志に一通の手紙を差し出した。封筒の表には何も書かれておらず、切手も貼られていない。封は破られていた。すでに香澄が中身を読んでいるのだろう。裏側を見ると、

真幌市美咲が丘2丁目8番地31号　橋口　耕一郎

と書かれていた。住所も名前も武志にはまったく心当たりはなかった。

「この橋口耕一郎って人、誰？」

「えっ、あなたも知らないんですか」

「真幌市っていったらここからそんなに遠い場所じゃないだろう。でも知り合いはいないはずだよ」

「とにかく中を見てください」

武志は中から一枚の手紙を取り出した。そこには簡単な文章が印刷されていた。


『5月7日、私は殺されます。どうか助けてください』


「なんだ、これは。誰かのいたずらじゃないのか。それにしても趣味の悪いいたずらだな」

「気味が悪い。警察に届けますか？」

「警察だって忙しいだろう。あまり大げさに考えないほうがいい。今日は3月21日だろ。どちらにしろ、まだ先の話だし。その前にちょっと確認してみよう。明奈の学校に橋口っていう名前の同級生はいないのか」

「ええ、聞いたことないわ。あなたの会社はどうなの？」

「いや、いないよ。会社の人全員の名前を覚えているわけじゃないけど。ご両親はどうだろう?」
「電話してみる」
結局香澄の両親も心当たりはなく、橋口という人物が誰なのか、その日はわからなかった。

川上武志は今年で36歳になる。8年前に会社の同期で同い年の丸山香澄と結婚し、翌年娘の明奈が誕生した。今は家族三人暮らしで、小さいながらも都内に一軒家を構えていた。いわゆる下町と呼ばれる地域で、狭い敷地いっぱいに建てられた家々が細い道路の両側にぎっしりとつながっていた。近所付き合いも深く、東京でも数少ない江戸の情緒を残す場所だった。それぞれの玄関前には道路にはみ出しながらも、車の通行の邪魔にはならない程度に植木鉢が並んでおり、季節の花が咲き競っていた。庭を持てない住民の創意工夫が垣間見られる風景だ。今の住居にはもともと武志の両親が住んでおり、武志自身も子供時代を過ごした家だった。その両親は5年前に自動車事故で亡くなった。一人っ子の武志が相続し、3年前に家族でこの家に移ってきた。小学校二年生になった娘も武志似で明るく元気に育ち、川上家は平凡ながらも幸せな家庭を築いていた。

次の土曜日、武志は橋口耕一郎の住所を一人で訪ねてみた。気にしないようにしようと思えば思うほど、頭から手紙のことが離れなかった。昼食後、武志はカーナビを頼りに真幌市に向けて家を出た。家から40キロメートルほどの場所なので、1時間もあれば目的地に着くと思われた。

そこは高度成長期に私鉄各社が競って開発した分譲地の一つで、今では人気の高級住宅街になっていた。表札を見ると『橋口　耕一郎　たか子』と書かれてある。橋口耕一郎は実在していたわけだ。橋口耕一郎の家は瀟洒な落ち着きのある新しい建物だった。手入れの行き届いた広い庭には整然と花が咲き誇り、その奥は家庭菜園になっている。まわりに人がいないのを確認し、車の中から家や庭、表札、それに町並みをカメラに収め、武志は帰路に着いた。

家に帰ると、さっそく香澄に写真を見せた。香澄にとっても、それらは初めて見る風景だった。その日の夕方、二人は近所の交番に相談に行った。交番の巡査は二人から奇妙な手紙や今日の出来事について話を聞き、報告書らしき書類に何やら記入していたが、「一応調べてみますが、たぶん何かのいたずらでしょう」とあまり乗り気でない口調で言うと、帰ってくれとばかりに後ろを向いてしまった。

「何なの、あの態度は。あれじゃ何もしませんって言っているのと同じじゃない」

香澄が頬を膨らませて、警察の態度を非難した。

「しょうがないよ。警察っていうところは事件が起きてからじゃないと動かないから」

武志はあきらめ顔でつぶやいた。

「とりあえず警察にも届けたし、これ以上もう調べることもできない」

そう言ってはみても、武志はこの出来事を忘れることができなかった。香澄も壁掛けカレンダーの5月7日に赤いマジックで丸を付けていた。

4月8日が訪れ、5月7日まで1か月を切った。そう思うと武志は居ても立ってもいられなくなった。何と言っても5月7日は確実にやってくるのだから。武志は香澄に、橋口耕一郎に会いに行くと告げた。

武志は橋口家の玄関前に立つと、一つ大きく深呼吸してからドアのインターフォンを押した。

「はーい、どちらさまですか?」

上品な女性の声が答えた。武志は自分の名前を告げ、今までのいきさつを簡単に説明した。

女性は最初怪しんでいた様子だったが、

「主人に話してみますので、少しお待ちください」

と言って、インターフォンを切った。少しすると、初老の男性がドアを開けてくれた。身長は武志よりやや高く、髪はグレーで、落ち着いた服装の品のある紳士だった。

「すみません。家内から話は聞いたのですが、よく理解できませんでしたので、詳しいお話を聞かせていただけますか」

老紳士はそう言って、武志を家に上げた。


応接間に通されると、物腰の柔らかい初老の婦人がお茶を運んできた。先ほどのインターフォンの声の主、たか子だろう。応接間は、持ち主である橋口夫妻の洗練された上品さを、そのまま形にしたような部屋だった。窓のカーテンと床に敷かれた絨毯は色合いこそ地味ながら、一目で高価なものだとわかる。そこに趣味の良いソファや本棚などが整然と配置されていた。

「それでは詳しい話を聞かせてください」

「突然お邪魔したうえに、こんなわけのわからない話を持ち出してすみません。それでも、どうしても気になって仕方なかったので、無礼を承知でおうかがいしました。まずはこれを見てください」

武志は下手な説明よりも現物を見せたほうが早いと思い、今回の事件の発端となった手紙を耕一郎に手渡した。耕一郎は封筒の表と裏を交互に見直しながら、

「こんな手紙、私は書いていないな」

と言い、首を傾げた。次に中から手紙を出し、中身に目を通し始めた。その内容にはさすがにびっくりした様子で、

「これはいったい何ですか」

と武志を責めるような口調で問い質した。

「驚かれるのはわかります。僕も最初にこの手紙を見てびっくりしましたから。どうせいたずらだろうと思ったのですが、気になって手紙の住所に行ったら、実際に橋口さんがいらっしゃったので、これはご本人である橋口さんに聞くしかないと思ったしだいです」

武志は自分の口調が何か言い訳がましく聞こえているような気がした。耕一郎は妻を隣に座らせて、武志に問いかけた。

「こんないたずらをする人に心当たりはないのですか」

「それがまったくないのです」

三人は自分たちに共通する知人がいないかどうかを話し合った。橋口耕一郎は7年前に誰もが知っている電機業界の大手一流企業を退職し、今では悠々自適の生活を送っており、庭いじりや囲碁、料理作りなど幅広い趣味に興じる毎日を過ごしていた。妻のたか子も夫に負けず劣らず、家庭菜園でトマトやきゅうり、ナス、カボチャなどを育て、近所の着物の着付け教室の手伝いなど、町内活動にも熱心だった。しかし、知り合いに武志と関係あ

る人物は誰もいなかった。武志も自分の生い立ちや家族のこと、勤めているコピー機の販売会社のことを話したが、やはり二人を結び付ける関係を見つけられなかった。

その日は電話番号を交換し、お互いに何かわかったら連絡することを約束し、武志は橋口家を後にした。


初めは疑念を抱いていた橋口耕一郎も、武志が家を後にする頃には、その率直で真面目な彼の性格に好意を持つようになっていた。妻のたか子も「好青年ね」と良い印象を抱いたようだった。二人には武志と同年代の息子がいて、サンフランシスコに住んでいた。女の子の孫も生まれていたが、年に一回日本に帰ってきたときにしか会えず、夫婦ともども淋しい思いをしていた。


それ以降、おかしな手紙が届くことはなかった。こうなると武志にはもう何もできなかった。もうこの件は忘れよう。そう考えていた矢先、橋口耕一郎から電話がかかってきた。

「ご無沙汰しております。お元気ですか」

「はい、こちらは元気にやっています。そちらはいかがですか」

「こちらもまあ元気です」

「あれから何かわかったのですか?」

「いや、何もわかりません。ただ一度情報交換を兼ねて会いませんか。私には時間がたっぷりありますから、あなたの都合のいい場所でかまいませんよ」

二人は次の金曜日に武志の会社の近くの小料理屋で会うことにした。


「やあ、お仕事お疲れ様でした」

武志が店に入ると、耕一郎が笑顔で手を振った。

「お待たせしました」

「いや、こちらも今来たところです。まあ、座ってください。とりあえずビールでいいですか」

ビールで乾杯すると、二人は例の手紙について、「きっとどこかの常識知らずの不届き者が、アトランダムに選んで、いたずらに出した」のだろうと結論づけた。その後、耕一郎は息子夫婦が孫娘と三人でサンフランシスコに住んでいること、たまにテレビ電話で顔を見るだけで、年に一回日本に戻ったときだけしか会えない、淋しい気持ちを武志に話した。

武志は両親を5年前に事故で亡くしたこと、今は妻と娘と一緒に親の実家を引き継いで住んでいることを伝えた。武志が娘の写真を見せると、

「今度はぜひご家族三人でうちにいらしてください。妻のたか子も喜ぶと思います」

と耕一郎は言った。

「いたずらにあっただけでは悔しいから、これをきっかけに、これからもたまに会いませんか。せっかくこうして知り合えたわけだから、家族同士で付き合ってみたらどうでしょうか」

もともと橋口耕一郎に会ったときから、武志は耕一郎に父親を重ねて見ていた。武志にとってこの提案を断る理由はなかった。

耕一郎との約束を果たすために、4月29日の朝、武志は香澄と明奈の二人を連れて橋口家を訪ねた。橋口夫妻は孫のために買ったおもちゃを出して、明奈と一緒にはしゃいで遊んだ。明奈もすぐに橋口夫妻に馴染んだようで、耕一郎とたか子も明奈を孫のように可愛がった。たか子はパソコンの画面を開いて、息子家族の動画映像を武志たちに見せた。

「まさか息子が外国人と結婚してアメリカに行ってしまうなんて夢にも思っていなかったから、息子に子供が生まれたら、一緒に遊ぶのを楽しみにしていたんです」

「それは残念ですね。僕たちで良かったら、いつでも遊びにきますよ」

「それはありがたい。この家は退職してから建てたもので、近所に友達もあまりいないんです。だからなるべく近所付き合いをしようと思っていたのですが、最近二つ隣の家のご主人とトラブルになってしまいまして」

「そうなんですか。それは大変ですね」

「その家の主人っていうのが、町内でも有名な迷惑じいさんで、夜中に大きな音でテレビを見るは、玄関前はゴミだらけにするはで、一度注意をしたものだから、逆恨みされてしまいましてね。うちの敷地にゴミを投げ捨てたりもするんです」

「警察へは通報したんですか」

「はい。でも、おまわりさんが一度来て、本人に口頭で注意しただけで終わりでした。今はとりあえず収まっているから、なるべく関わらないようにしています」

「それが賢明ですね。そういう人っていうのは、言ったら言ったで反発するだけですから」

「もしよろしかったら、5月7日はうちに集まりませんか」

たか子がそう提案した。その提案は、橋口家にとって5月7日という日に不安を抱いていることを物語っていたのかもしれない。しかし都合の良いことに7日は日曜日で、武志も会社が休みなので、両家族5人全員が集まれる。いくらいたずらとはいえ、やはり大勢でいたほうが安心できる。7日さえ過ぎてしまえば、この怪事件もただの笑い話になる。お互いに良い友人を作るいい機会になったとも言える。みんな7日が早く過ぎることを願っていた。


5月7日がやってきた。その日、武志は急な仕事が入り、午前中だけ休日出勤しなければいけなくなった。朝、武志は妻と娘を橋口家まで車で送り、一人会社へと向かった。

午前10時過ぎ、橋口家の近くでサイレンの音が響いた。耕一郎が驚いて外に出てみると、二軒隣の家の前に救急車とパトカーが止まっていた。例の迷惑じいさんの家だ。階段から落ちて倒れているところを、隣の家のご主人が見つけたらしい。大きな音が聞こえたので、隣家を訪ねたそうだ。けが人が運び出されたあと玄関を覗いてみると、階段の下に段ボール箱が落ちていて、入っていた紙が散乱していた。

その後、警察が橋口家にやってきた。

「山崎さんが階段から転落して、先ほど病院で亡くなりました。段ボール箱を1階に運ぶつもりだったようです。山崎さん宅からこんな紙と封筒が段ボール箱いっぱいに見つかりました」

その紙には、『5月7日、私は殺されます。どうか私を助けてください』と書かれていた。封筒には耕一郎の住所と名前が書いてある。

「あなたが橋口耕一郎さんですね。この紙と封筒について、何か心当たりはありませんか」

耕一郎は山崎さんとトラブルになっていたことや、川上武志との出会いから今日に至るまでの経緯を警官に話した。

「そうですか。たぶん山崎さんはあなたに嫌がらせをするために、この手紙をいろいろな場所にばらまいていたのでしょう。この事件は事故として報告されることになると思いますが、後でまたお話を聞かせてもらうかもしれませんので、そのときはよろしくお願いします」

警官はそう言って、パトカーに戻った。

「あのいたずらの犯人は山崎さんだったわけだ。死んでしまったのはかわいそうだけれど、これで謎も解決しましたね」

耕一郎がホッとした表情で言った。

「それにしても5月7日当日に手紙の送り主がわかるなんて、なんか不思議ね。武志さんにも早く知らせてあげたほうがいいんじゃないですか」

たか子の言葉に、

「いや、これは武志くんへのサプライズにしておこう。もうすぐお昼だし、寿司でも注文しておいてくれないか。わたしは謎の解明祝いに、コンビニでワインでも買ってこよう」

耕一郎はそう言って、上着を取りに部屋を出た。


仕事は順調に片付き、午前11時には会社を出られそうだった。武志は「昼食には間に合う」と耕一郎に電話で伝えた。今のところ耕一郎に何事も起きていないようだ。日曜日の道路は平日の渋滞など信じられないくらい空いていた。武志は車のほとんど通っていない道路を橋口家へと急いだ。後は自分が橋口家に着けばいい。それでこの件もすべて終わる。

初めて手紙を見た日が思い出された。長いようで短いようにも感じられる日々が過ぎ、とうとう手紙に書いてあった指定日が来た。そして、もうすぐ橋口家に到着する。

そのとき近くでパトカーのサイレン音が聞こえた。橋口家の近くのようだった。もしや事件でも起きたのではないだろうか。橋口耕一郎の身に何か起きたのではないだろうか。武志は頭から血の気が引いていくのを感じながらも、橋口家へと車のスピードを上げた。

あっという間の出来事だった。落ち着きを失っていた武志は赤信号に気づかずに横断歩道に走り出てきた自転車を跳ね飛ばした。自転車に乗っていた人が人形のように宙に舞い、地面に叩きつけられる鈍い音がした。武志はただ身動きできずにいた。何が起きたのか理解できなかった。橋口家のことは頭の中からすっかり消えていた。

パトカーのサイレン音で武志はやっと我に返った。事故を見た人が通報してくれたらしい。さっきのパトカーとは別のパトカーなんだろうな。パトカーっていったい何台あるのだろうか。そんなことを思った。人間というものはパニックになると何を考えていいのかわからなくなるようだ。続いて救急車がやってきた。

被害者を乗せて救急車が走り去った。あの勢いではたぶん助からないだろう。自分が人殺しになる。自分の人生とは無縁と思われた『人殺し』という言葉が武志の胸につき刺さった。警官が車のドアを叩いている。武志は車から降りて、警察官の質問に機械的に答えた。自分の声とは思えなかった。呆然としているはずなのに、スクリーンの絵を解説するように淡々と話している自分がいた。いつの間にか現場検証が始まっていた。武志は手錠を嵌められ、パトカーに乗せられた。テレビで何度も見た光景だった。

パトカーの中でふいに思い出した。警察署に着いたら橋口家に電話させてもらおう。そして今日は行けなくなったと伝えよう。みんな心配して待っているだろう。香澄とも話をしなければいけない。でも何を話せばいいのだろうか。警察の人に話してもらったほうがいいに違いない。向こうはこういう場面にも慣れているだろうから。そこまで考えたとき、パトカーが警察署に到着した。

翌日の新聞の社会面『信号無視の車　老人を跳ねる』

「5月7日日曜日、午前11時50分頃、真幌市美咲が丘2丁目の交差点で、信号無視して横断歩道に入った自動車が自転車に乗った老人と衝突した。老人はすぐに近くの救急病院へ搬送されたが、ほぼ即死の状態で、まもなく死亡が確認された。目撃者の証言によると、加害者の自動車はスピードを落とさないまま赤信号の交差点に突っ込んだとのこと。川上武志容疑者（36歳）は急ぎの用事があり、赤信号に気づかなかったと供述している。被害者は同市内に住む橋口耕一郎さん（67歳）で近くのコンビニエンスストアからの帰り道に事故に巻き込まれたもよう。警察では……」

未来から来た男

1

「皆さんは神様を信じますか」

大勢の聴衆を前に、紫色のスーツを着た若い男が語りかけた。

「弱い者は、神様に頼ることで心の平安を得ようとします。なぜなら、自分たちの幸せを、神様に任せるしか術がないからです。しかし、神様なんてこの世には存在しません。神様なんて、しょせん弱者から搾取するために、強者が作り出した操り人形に過ぎません。ヨーロッパの国々がキリスト教を広め、世界の人たちに救いを与えるという名目で、世界中を力でねじ伏せ、植民地化していったことは、歴史を見れば一目瞭然です。いるはずのない神様に頼っていては、弱者はいつまでも弱者のままです。それでは、強者の奴隷に成り下がるしか、生きていく道はありません。これからは神様に頼るのではなく、自分の人生は自分の力で作り上げなければいけません。自分自身が弱者から強者に生まれ変わる努力をしなければいけないのです。強者になって初めて、皆さんは自分の人生を自分でコントロールできるようになるのです。そのとき初めて、神様の呪縛から解放されるのです。それでは、どうすれば弱者は強者に生まれ変われるのでしょうか」

聴衆の目が自分に集中しているのを見て、若い男はさらに話を進めた。

「人の命は永遠に続いていきます。輪廻転生という言葉は、皆さんもきっとご存知でしょう。しかし、皆さんは輪廻転生の本当の意味を勘違いしています。人は死んだらすぐに生まれ変わって、新しい命を授かるものと思っている人が、世の中にはたくさんいます。皆さんの中にも、そう勘違いしている方がいらっしゃると思います」

聴衆がうなずくのを確認しながら、男は話を続けた。

「人は死んだら、もう一つの世界に行きます。それは極楽浄土などではありません。地球上には、私たちには見えないもう一つの世界があるのです。その世界で、あなたは未来から過去に向かって生きます。そして、あなたが歩んできた人生をさかのぼって、総点検するのです。ここでしっかりと人生の総点検をし、自分の人生のどこがいけなかったのか、他にどういう生き方があったのかを再確認していきます。それを次の人生に活かしていくことが大切なのです。そうすれば、あなたの次の人生はより豊かなものになるでしょう。そこで初めて、弱者は強者への道を歩み始めることができるのです」

観衆が魅入られた表情をしているのに満足して、男は語気を強めた。

「それでは、総点検はどのように行えばいいのでしょうか。あなたの現世の命に限りがあるように、別世界へ行っても、いつかは死んでいきます。総点検を行う時間は、思っている以上に少ないと考えたほうがいいでしょう。今生きているうちに、自分の行動記録を残しておかなければいけない理由が、そこにあります。そして、その行動を取った理由、そのとき考えたことや、どう感じていたのかも、記録として残しておくと良いでしょう。別世界のあなたはその記録を参考にして、次の人生をどのように生きるのかを決めていきます。総点検を徹底すれば、次の人生は自分の思ったとおりの人間に生まれ変わることができるのです。よく反抗期の少年が親に向かって『生んでくれなんて、オレは一度も言っていない』などと口走ることがありますが、これは総点検ができていなかったことが原因です。総点検をしっかり行っていれば、自分はなりたい自分として生まれ変われるのですから、こんな発言をするわけがありません。この例一つ取っても、総点検がいかに大切かがわかるでしょう」

男はひと呼吸おいてさらに言葉をつないだ。

「今、ここに集まってくださった皆さんは、自分の人生に満足していないはずです。今の苦しみから逃れたい、これからの人生を幸せに生きたい、そう思ったからこそ、皆さんは今この場所にいます。しかし、簡単に幸せが手に入るわけがありません。幸せを手にするには、それなりの苦労が必要です。現世で人生を記録する苦労と、別世界で総点検する苦労が必要になります。そのうえ、その苦労の見返りは次の人生で初めてやってきます。だから、今の人生を幸せにしたいとしか考えていない方々はお帰りいただいて結構です。そんな方々には、何か別の方法を探してもらうしかありません。人生の総点検をした人たちだけが、来世で自分らしい人生を歩めるのです。この現世と別世界との経験を何度も繰り返すことで、より自分の人生を自分で操縦できるようになるのです」

男は観衆を右から左へ、そしてまた右へと見渡し、軽く笑みを浮かべた。

「皆さん、一人も帰らないところを見ますと、私の話を理解していただいていると考えてよろしいでしょうか。ほとんどの皆さんがうなずいていらっしゃいます。皆さんはそんな前置きなどどうでもいいから、早く具体的な総点検の方法を教えてくれと思っていませんか。総点検のやり方しだいでは、まったく効果は現れません。私はそのやり方を磨くために、前世を含めると、５００年以上も修行をしてきました。その結果として、私は今の世を自分の思いのままに生きています。そして、こんなに良い方法を自分だけが独り占めしていては、世の中の人たちに申し訳ないと思うようになりました。皆さんにも、私と同じように、幸せな人生を味わってもらいたい。思いどおりの人生を生きてもらいたい。そこで、今回初めて、このような集会を開くことにしました。

詳しい話は、別の場所で担当の者が個別にお話しさせていただきます。会費はそのときにいただきます。

皆さんの人生は未来永劫続いていきます。いつまでも失敗だらけの人生を生きていてもつまらないでしょう。皆さんも私のように自分らしい人生を歩みましょう。そして、皆さんのまわりの方々にも、幸せになる方法を教えてあげましょう。たくさんの人を幸せにできれば、皆さんの幸せも増えていきます。幸せはみんなで分かち合うものです。幸せには相乗効果があります。それでは、皆さんの幸せな来世を祈りつつ、私の話を終わりにしたいと思います」


若い男女が、集まった人たちを機械的に事務室へ誘導していく。その様子を作り笑顔で見送った後、『輪廻成長の会』の教祖、若宮真明は隣の長身の男に話しかけた。

「事務局長、初めての集会にしては、上々のスタートと言っていいんじゃないか。最終的に何名集まったかを、後で報告してくれ」

「わかりました。まあ、ざっと200名はいたと思います。会費は一人8万円なので、1600万円の収入になります。一人が三人を紹介してくれたとして、さらに4800万円、その三人がまた三人を紹介してくれれば、1億5000万円ほど入ってくることになります」

「そうか。まあ、不幸な奴らの人生に夢を与えてやるのだから、それくらいもらったって神様も許してくれるだろう」

若宮はそう言って、駐車場で待っているベンツへと向かった。

2

若宮真明を知らない人はこの日本にいない。40歳を過ぎた頃には、そう言われるまでになっていた。そのほとんどは悪名としてではあったけれど。しかし、若宮はそんなことをいちいち気にするような男ではなかった。『輪廻成長の会』を立ち上げて、すでに20年が経っていた。信者は全国に30万人はいると言われていた。世間からのくだらない風説に関わっていられるほど、若宮は暇ではなかった。都内の一等地に大きな教会を建て、全国64か所に支部まで設けていた。来世の幸せを唱える宗教は、生きている間の幸せを説いていない。信者はその教えを信じたままに死んでいくことになる。そして、死人に口なしである。人生の総点検を行う別世界なんてなかったなどというクレームはつけようがない。宗教が現世の幸せを求めれば、最終的にはハルマゲドンまで行かざるを得なくなることを、若宮は知っていた。

「総点検を効率的に行うには、今、生きているうちに自分の人生の記録を、しっかり残しておくことが非常に重要になります。日記を書くつもりと考えてもらっていいでしょう。起こった出来事とそのときに思ったこと、心に浮かんだ感情を正直に書かなければいけません。外から受ける刺激に対して、内からわき上がってくる感情を、素直な気持ちで、自分を客観視して書くよう、心がけましょう。書く量が多ければ多いほど、総点検しやすくなります。そして一番大切なのは、私が今まで約５００年使っていますこのノートに、これも私が使い続けているこのペンで記入するという点にあります。このノートとペンを死んだときに棺の中に入れてもらってください。それで初めてもう一つの世界で読むことができます。ただの日記帳に市販のペンで書いても意味がありません。それでは棺に入れても、ただの灰になって終わりです。このノートとペンを使用しないと、別世界の住人には読むことができません。このノートとペンのセットを、10万円のお布施に対して一組差し上げています」

話し終わると同時に、聴衆たちは我先にと社務所へと詰めかけた。ノートとペンのセットはあっという間になくなる盛況ぶりだった。

「もっと在庫を準備しておかないとだめだ。金儲けのチャンスを逃すようなマネは二度とするな。お前の後釜なんて、いくらだって見つけられるんだぞ。そのことをよく覚えておけ。それから、もっとたくさん売れる商品を考えろ。俺はこれから湯河原支部に行ってくる」

若宮は事務局長の高梨正道にそう言い放って、車に乗り込んだ。

高梨正道は憤っていた。

高梨には自分が『輪廻成長の会』を作り上げたという自負があった。そもそも〝人は死んだら別世界へ行き、自分の人生を未来から過去にさかのぼって総点検する〟というこの宗教のコンセプトを考えだしたのは高梨だった。初期投資の費用に身銭を切ったのも高梨であり、信者を集めるための下ならしをしたのも高梨だった。若宮真明がしたことと言えば、高梨の考えた宗旨を、ただ大衆に向かって話すスポークスマンの役割だけだ。それなのに、若宮は教祖面して、自分のことを奴隷扱いしている。確かに自分が教祖の器ではないことを、高梨はわかっていた。自分には人を惹きつける魅力も、人を引き留める話術もない。だからこそ、自分は後ろに引いて、口先だけはうまいが、軽薄そのものだった若宮真明、本名、川崎安徳を教祖に仕立てて、『輪廻成長の会』を開いたのだ。若宮は高梨の操り人形に過ぎないはずだった。それがいつの間にか立場が逆転していた。高梨自身、若宮の人を惹きつける魅力には一目置いていた。確かに、『輪廻成長の会』をここまで大きくするのに、若宮の力が必要だったことは、高梨自身も認めざるを得なかった。しかし、若宮は図に乗りすぎた。若宮が稼いでいる金額は、金庫番をしている高梨が一番知っている。それなのに、高梨には雀の涙ほどの給料しか支払わずに、すべて自分の懐に入れている。そのうえ、自分を追い出すことまで考えていたとは。だが、いつまでもこのままというわけにはいかない。今に見ていろ。あいつこそ、この『輪廻成長の会』から追い出してやる。そして、今度こそ自分が主導権を握るのだ。

湯河原へ向かって車を走らせながら、若宮はその日の朝、都内のホテルのラウンジでの不思議な出来事を振り返っていた。コーヒーを飲んでいたとき、自分に向けられた視線に気づき外を見ると、そこには自分とそっくりな男が立っていた。男は視線が合うと、慌ててその場から立ち去った。若宮は後を追おうと外へ飛び出したが、男は人混みにまぎれ、すぐに見失ってしまった。男は若宮とまったく同じ顔をしていた。そのうえ背格好までそっくりだった。他人の空似というには、あまりにも若宮真明そのものだった。ドッペルゲンガーか。ドッペルゲンガーとは自分自身の姿を自分で見る現象で、死や災難の前兆とも言われている。これから自分の身に何か起きるというのだろうか。そんな馬鹿なことはあり得ない。宗教団体を立ち上げた若宮だったが、自身は超常現象などまったく信じていなかった。若宮にとって、宗教団体は金儲けのための一手段でしかなかった。しかし、原因のわからない現象に答を出せない不安は拭い去れなかった。あの男は自分を監視していた。そして、自分に気づかれると慌てて逃げ出した。なぜ、あの男は逃げたのだろうか。あの男からその理由を聞きだす必要がある。あの男にはもう一度会わなければいけない。

湯河原支部は、支部とは名ばかりの、実際は若宮の別宅だった。温泉つきの別荘地を買い取り、億単位の金を使って大改造し、教団の若い女を管理人として置いていた。教団の女たちにとって、湯河原支部の管理人になることは、若宮の愛人になることを意味しており、それはとりもなおさず『輪廻成長の会』の幹部候補になることであり、うまくいけば若宮の妻の座を射止めることも意味していた。若宮に飽きられ、管理人の立場を失った女も数多くいたが、若宮はそんな元愛人たちを教団の各支部の幹部に据えることで、女同士のイザコザを回避していた。今の管理人はアイドルとしてテレビで活躍していた桜井萌美だった。萌美が入信すると、若宮はそれまでの管理人を盛岡支部へ飛ばし、萌美を芸能界から引退させ、湯河原支部に囲った。

3

湯河原支部は箱根へと向かう登り坂の中程にあり、木造平屋建ての建物が広い敷地に点在していた。客室は十部屋で、それぞれが独立しており、すべての部屋には露天風呂が付いていた。若宮の建物は一番奥まった場所にあり、まわりの木々が目隠しの役割を果たしている。裏は雑木林になっており、その一部を切り開いて、広い露天風呂が作られ、露天風呂のすぐ下を川の流れが横切っていた。夕陽が山陰に隠れていく中、若宮は一人露天風呂に浸かりながら、再び今朝の出来事を思い返していた。

若宮の頭の中に、ある疑念が浮かび上がっていた。もしかしたら、あの男は死後の自分ではないだろうか。そして、自分の過去を総点検するために、今の自分を監視しているのではないか。しかし、そんなことがあり得るのか。そもそも死後の自分が過去の自分を総点検するなどという話自体が、高梨の作り話だった。そのうえ、高梨の考え出したシナリオでは、人は死んだ後に自分の人生を総点検することになっている。今、自分は生きているのだから、総点検する自分が、今生きている自分と遭遇することなどあり得なかった。

なんとかしてあの男を見つけ出さなければいけない。そのためには、やはり高梨の力が必要だった。若宮にとって高梨ほど使える部下はいなかった。最近になって態度が悪くなってきたのが気になるところだったが、やはりあの男を探しだすには、高梨に頼むのが一番の早道に思われた。若宮は高梨の手腕を買っていた。

桜井萌美は15歳のときに、テレビのオーディション番組で優勝し、念願だった芸能界デビューを果たした。歌やダンスに自信はあったが、何といっても萌美は自分の美貌に自信を持っていた。デビュー1年目でアイドルグループのメンバーに選出され、2年目で早くもセンターの位置を確保した。思いどおりの人生を歩んでいたはずの萌美だったが、インスタグラムを始めたことをきっかけに、人生の歯車が狂い始めた。「まだ2年目のくせに生意気だ」、「まだガキのくせに偉そうにしてるんじゃねえ」、「お前みたいな性悪女はグループにいらない。出ていけ」、「早く死ね」など、誹謗中傷するコメントが多数書かれるようになった。確かに頂点に立つのが早すぎて、天狗になっていた。しかし、それが定着してしまった今、仕事上キャラクターを変えるわけにもいかなくなっていた。もともと桜井萌美は気の弱いおとなしい娘だった。両親が心配して、小学校一年生のときに地元の劇団に入れた。最初は人見知りで、人とも話せなかった萌美だったが、しだいに歌やダンスのレッスンが楽しくなり、歌手になりたいという夢を見るようになった。そして初めて受けたオーディションで優勝した。普通の女の子が、あっという間にスターになったのだから、舞い上がらないわけがない。グループの他のメンバーを小馬鹿にする発言も増え、桜井萌美を大好きなファンとアンチファンに、世の中は真っ二つに分かれていた。もともと気の弱い萌美にとって、インスタに書き込まれた悪口や暴言は、心を傷つけるのに十分すぎた。食事も喉を通らず、夜も眠れなくなった。それでも、テレビや舞台ではアイドルとしての自分の役割を演じ続けた。そんな日々が続く中、萌美は稽古中に倒れ、翌日事務所からの休業宣言がテレビのワイドショーを賑わせた。

そんな死をも考えた末に桜井萌美がたどり着いたのが、『輪廻成長の会』だった。人生に挫折し、これからの人生をどう生きていいのかわからなくなっていた萌美にとって、今の人生でなく、来世で幸せになれる『輪廻成長の会』の教えは、すがりつくことのできる唯一の道だった。3か月後、桜井萌美は芸能界引退を発表し、再びテレビのワイドショーの話題をさらった。デビューしてわずか3年後の出来事だった。

桜井萌美にとって、若宮真明は教祖であり、命の恩人だった。若宮に言われるままに『輪廻成長の会』を広めるため、全国を回った。その行く先々で、萌美は若宮とベッドを共にした。萌美にとって若宮は初体験の相手でもあった。萌美の若宮に対する尊敬の念は、いつしか愛に変わっていた。

若宮は入信した桜井萌美に、すぐに広告塔の役割を与えた。萌美の声かけに、多くの若者たちが『輪廻成長の会』に入信した。桜井萌美と『輪廻成長の会』の話題が毎日テレビや雑誌に報じられた。ただで『輪廻成長の会』を宣伝してくれるのだから、若宮は笑いが止まらなかった。広告塔としての役割が一段落ついたとき、若宮は萌美を湯河原支部の管理人に異動させた。

今までの愛人は、妻の座を狙うことばかり考えているやつらだった。金も名誉も手に入れた若宮ならば、望めばすぐにでも結婚できただろう。40歳を過ぎても独身でいるのは、女というものに幻滅していたせいかもしれない。しかし、桜井萌美だけは違っていた。萌美だけは本心から若宮のことを尊敬していたし、若宮個人を愛してくれている。若宮は萌美を今までの愛人たちとは別格に扱っていた。年齢的にも、そろそろ自分の後継者を作らなければいけない時期に来ている。いつしか若宮は萌美を結婚相手として見るようになっていた。

高梨正道がそのアイデアを思いついたのは、若宮真明と瓜二つの男を偶然見つけたのがきっかけだった。この男を若宮の身替わりに仕立て上げる。そして若宮を追い出せばいい。そうすれば、今度こそ高梨はこの『輪廻成長の会』を牛耳れる。高梨はすぐに男に話しかけた。「金持ちになる方法がある」と。疑わしげな態度の男に、話だけでも聞いてほしいと言って、高梨は喫茶店へ導いた。

「私は高梨正道と言って、『輪廻成長の会』の事務局長をやっているんだ。たぶん名前は聞いたことがあるだろう」

高梨は男に名刺を差し出した。名刺を見て、男の目が輝いた。高梨の話が金儲けにつながりそうなことに気づいたのだろう。

「今は若宮真明という男が教祖をやっている。この男だ」

高梨が若宮の写真を男に見せた。男の顔に驚愕の表情が広がった。

「そう、君に非常に似ている。僕だって、今目の前にいる君が若宮を名乗ったら、簡単に信じてしまうくらいだ」

「俺に教祖の影武者になれって言うのか」

「いや、影武者なんかじゃない。君に教祖そのものになってほしいと思っている」

「今の教祖はどうなる」

「君にだけは僕の考えを伝えておこう。僕は今の教祖である若宮を、この教団から追い出そうと考えている。そして、君にはその後釜になってもらいたい。もともと『輪廻成長の会』は僕が作った宗教団体だ。それなのに、あいつは僕を追い出そうとしている。金を独り占めしたいからだ。そんなことをさせてたまるか。逆にあいつを追い出してやる。そんなことを考えていたときに、君と出会った。これは偶然なんかじゃない。これこそ神様の思し召しだと思わないか」

「今の教祖は、そんなに簡単に追い出されてはくれないだろう」

「だから追い出すために、君の力を借りたい。謝礼は『輪廻成長の会』の教祖という立場と、教団の収入の30パーセントでどうだろう。概算で見積っても、一年で5億円は下らない」

「面白い話だ。まず何から始めればいいのか」

「まず最初に、若宮が説教しているビデオを見てもらいたい。若宮の話し方、身振りを覚えてほしい。次に普段の若宮も観察してほしい。最終的には若宮自身になってもらいたいということだ。それまでに、若宮を追い出す方策は考えておく。さっそく明日にでも若宮のビデオを渡したい。朝10時にこの喫茶店で待ち合わせしよう。手付金として10万円置いておく。後は君しだいだ」

高梨は財布から金を出して、男に手渡した。

高梨の計画の第一段階はクリアした。2か月後に見た男の説教は、どこから見ても若宮のそれそのままだった。

「よくこの短期間で、ここまで覚えてくれた。若宮そのものだ。20年以上の付き合いがある僕でさえ、区別がまったくつかない。ありがとう。次は直接若宮を観察して、普段の若宮になりきれるまでになってほしい。ここまでの謝礼として、20万円渡しておく。本人には気づかれないようにやってくれ」

高梨は自分の計画が順調に進んでいることに満足していた。自分も早く若宮を追い出す方策を考えなければいけない。

4

次の水曜日、男はいつもの喫茶店で待っていた。高梨は注文を終え、ウェイトレスがいなくなると、すぐに話し始めた。

「若宮から自分とそっくりな男を見たから、そいつを探しだせと指示が来た。もしかしたら君のことかな」

「向こうからは見えないだろうと思って、油断してしまったようだ。追いかけてきたので、慌てて逃げた」

「そうなると、こちらも急ぐ必要がある。こっちはまだ、若宮を追い出す策が決まっていない。かといって、君を見つけられないと、僕が追い出される可能性もある」

「俺から若宮に会ってもいいが」

「いや、そこまですることはないだろう。ここは慎重に対策を考えよう」

「じゃあ、とりあえず俺はあいつに近づかないほうがいいのか」

「そうだな。そのほうがいいだろう。来週までに対策を考えるから、それまではじっとしていてほしい」

「わかったよ。あいつには会わないようにする。また来週水曜日に会おう」

男はそう言うと、コップの水を一息に飲んで、店から出ていった。


桜井萌美は産婦人科から出て、しばらくの間立ち止まった。医者から妊娠3か月を伝えられた。このお腹の子供を、若宮は望まないのではないか。若宮は自分を邪魔者扱いして、自分を追い出したりしないか。早く若宮に自分の妊娠を伝えたい。早く不安を払拭したい。しかし、若宮に拒まれるのが恐い。子供を堕ろせと言われるのが恐い。お腹の子供と今後二人だけで生きていかなければならなくなるのが恐い。20歳を過ぎたばかりの女性には重すぎる宿命を背負わされてしまったと萌美は思った。


若宮が車をマンションの駐車場に停め、エレベーターホールへ向かうと、エレベーターの前にその男はいた。

「俺を探しているらしいな。ちょうど俺も話したいことがある」

若宮は突然の出会いに動揺を覚えながらも、それを相手に悟られないように、落ち着いた声で答えた。

「いいだろう。俺の部屋で話そう」

若宮の部屋は六本木のタワーマンションの最上階にあった。エレベーターの中で、二人は一言も言葉を交わさなかった。若宮は頭の中で、これからこの男にどう対応するかを考えていた。男はそんな若宮を薄ら笑いで見つめていた。リビングルームに入ると、男はすぐに話し出した。

「もう気づいていると思うが、俺は未来からやってきたお前自身だ。本来ならば、お前が死んだ後に総点検を行うはずだったのだが、何かの行き違いでお前が死なないうちに生まれてしまったらしい。そして生きているお前を総点検しなければならなくなった。あの日もホテルの前で、お前を観察していた。そこでお前に見つかってしまったわけだが」

「そんなことを信じろと言うのか」

「信じる信じないは俺の知ったことではない。ただ気づかれてしまった以上、前向きな話をしようじゃないか」

男は窓際に立ち、東京のネオンを見下ろしながら、話を続けた。

「俺はお前の未来からさかのぼって総点検している。つまりは、俺はお前の未来を知っているというわけだ。それはお前にとって明るい未来というわけではない。本来ならば、未来のことを教えてはいけないルールになっているが、お前の未来は俺にも関わってくるからな。だから、少しくらいならば教えてやってもいいと思っている。それによって未来が変わり、俺自身の存在が消え去ってしまってもかまわない。お前にその覚悟があればの話だがな」

「俺の未来にお前は満足していないのだったら、俺だって満足できるわけがないじゃないか。もし未来を知ることによって、俺がその明るくもない未来を変えられるチャンスがあるのならば、知りたいに決まっている。焦らさないで、早く言ったらどうだ」

　若宮は男に詰め寄った。

「そうか。それならば教えてやろう。お前は高梨という男に殺される。それじゃ、帰るとするか」

　男は若宮の右肩を叩いて、玄関へと消えた。


　二宮幸次郎の人生は、母が死んで大きく変わった。幸次郎は母と二人暮らしだったが、父は幸次郎が物心つかないうちに病死したと聞いていた。母ががんで入院したのは、幸次郎が16歳のときだった。もう助からないと悟った母は、幸次郎が不倫の結果できた子供であることを告白した。幸次郎は父がまだ生きていることを初めて知らされた。母が死に、一人ぼっちになった幸次郎は、高校を中退し、働きに出るしかなかった。同年代が遊びや恋にうつつを抜かしていた頃、幸次郎は昼は工事現場やスーパーで働き、夜は警備員の仕事に就いていた。自分の運命を呪い、自分と母を捨てた父を憎んだ。いつか父を見つけて、復讐してやる。その執念が幸次郎の原動力になっていた。

若宮は男が出ていった後、しばらく呆然と立ちすくんでいた。あの高梨が自分を殺す。それは今まで想像もしたことのない話だった。確かに最近の高梨は、不満な態度を露骨に表すようになっていた。安い給料でこき使うだけこき使っていたのも事実だった。しかし、安いとはいえ、世間一般のサラリーマンと比べたら、何倍も多い給料を払ってやっている。教団を作ったのは高梨だったかもしれないが、ここまで教団を大きくしたのは自分だ。勝手に逆恨みでもさせておけばいい、そう思っていた。高梨だって馬鹿じゃないのだから、金の卵を生む鶏を殺すわけがない、そう考えていた。それなのに、高梨は俺を殺すつもりらしい。だからといって、簡単に殺されるつもりはない。ただ、あまりにも突飛な話だったので、いつ殺されるのか聞くのを忘れてしまった。あの男から自分に会うのはいつだってできるのに、自分からあの男に会えない不合理に苛立ちを覚えた。しかし、自分は決して高梨に殺されたりはしない。自分の未来は自分で切り開いてみせる。若宮は今までもそうやって生きてきた。対策は湯河原でゆっくり考えればいい。

5

若宮が湯河原支部へ向かっていた頃、高梨は若宮を追い出す作戦を考えていた。しかし、黙って追い出されるような若宮ではあるまい。若宮に教祖の座を捨てさせる方法など、そうそう見つかるはずがなかった。いっそ若宮を殺してしまえばいい。そう思いつくと、もうそれしか解決策はないとしか思えなくなった。若宮を殺して、あの男に若宮の替わりを務めさせる。そして、『輪廻成長の会』を自分が取り仕切る。湯河原で殺して、別荘地内に埋めればいい。替え玉がいるのだから、誰も若宮がいなくなったことには気づかない。作戦の大枠はできあがった。

若宮から「これからそちらへ行く」という連絡を受けて、萌美は覚悟を決めた。追い出される可能性もあるが、お腹の子供を喜んでくれる可能性だってないとは言えない。「あなたのことは絶対に守るから。そして、若宮にもそれを祝福してもらうから」萌美はお腹を撫でながら、そう話しかけた。

二宮幸次郎は仕事の合間をぬって、父の住所を訪ねた。しかし、そこにはすでに建物はなく、駐車場になっていた。二宮は隣の家の呼び鈴を押した。

「どなた」

中から女性の声が言った。

「昔、隣に住んでいた男を探しているんだけど、知りませんか」

年配の女性が顔を出して、二宮の顔を興味深く見た。

「あなたはどなた」

「俺は前に隣の駐車場に住んでいた男の息子だ」

「あら、そうなの。そう言えばどことなく似ているところがあるわね」

「親父を知っているのか」

「もちろんよ。川崎さんとはもうずっと昔からお隣同士だったんだから。まあ、入って、入って」

二宮は和室に通された。

「今、お茶を入れるから」

女性は二宮が止めるのも待たずに、部屋を出ていった。

少しして、女性は戻ってくると、二つの茶碗にお茶を入れて、一つを二宮の前に置いた。

「あなたは初めてね。もう一人の子はお父さんと一緒に住んでいたけど」

「俺には兄弟がいたわけか。実は俺は妾の子供だから、親父には一度も会っていないし、兄弟がいたことだって、今初めて知ったくらいだ」

「その子は高校生のときに家を飛び出してね。いわゆる不良少年っていうのかな。その後、あなたのお父さんは、お母さんを道連れにして、自殺したのよ。大きな事件になって、テレビ局だとか新聞記者だとかが大勢来たわ。せっかく訪ねてきたのに、こんなことになってて、お気の毒ね」

女性は同情するように、二宮の顔を下から覗いた。

「母が死ぬまで存在すら知らなかった父がどうなろうと、俺には知ったことじゃない。ただ、どうして母と俺を捨てたのか、聞きたかっただけだ」

二宮は動揺を悟られないように、女性の顔を睨みつけた。

「やすのりちゃんは今頃何をしてるのかねぇ」

「息子はやすのりって言うのか」

「そうよ。そう言われてみれば、あなたはやすのりちゃんにも似ているわ」


若宮は萌美が自分の子を宿したことを、心の底から喜んだ。時期を見て、プロポーズするつもりだった。萌美の妊娠はタイミング的に一番いい時期に思えた。これで『輪廻成長の会』の後継者問題も解決する。若宮は二重の喜びに萌美を抱き締め、「結婚しよう」と耳元で囁いた。萌美の瞳から大粒の涙が溢れた。

あの男に早く会わなければいけない。自分が殺される日時や状況を確認できれば、自分のほうが優位に立てる。高梨に先んじて行動を起こせる。若宮は高梨に急いであの男を探すよう、再度電話した。

「若宮にはこの世からいなくなってもらうしかない」

高梨は男に小声で耳打ちした。

「どうやって殺るんだ」

「湯河原の若宮の別荘がいい。あそこならば誰にも邪魔されずに済む。管理人の女には用事でも言いつけて、外出させておけば大丈夫だろう。若宮を殺して、君が若宮と入れ替わる。管理人の女は若宮の愛人だから、気をつけなければいけないが」

「邪魔ならば、いっそ一緒に始末をつけたほうがいいではないか」

「いや、無駄な殺人はしたくない。君が教祖になったら、追い出せばいい」

「いつ殺るんだ」

「計画が決まったからには早く片づけたい。今週の土曜日に決行する。君を見つけたと言って、若宮を湯河原へ呼び出すつもりだ。君は現場にはいないほうがいい」


若宮が車に乗り込もうと、ドアを開けたと同時に、後ろから呼び止められた。振り返ると、そこには男が立っていた。

「良かった。俺もちょうど会いたいと思っていたところだ」

「お前の用件から聞こうか」

「この前、俺が高梨に殺されると言っていたが、それがいつなのか聞きたい」

「それを聞いてどうする」

「俺は高梨に殺されるつもりは毛頭ない。自分の人生を他人に壊されてたまるか」

「そうか。俺を消してでも、自分の未来を変える気か」

「当たり前だ。俺は今死ぬわけにはいかないんでね。お前には悪いが、俺の決意は変わらない」

「まあ、俺だってお前に未来を告げたときから、こうなる覚悟はできていた。高梨は今週の土曜日にお前を殺す。俺のことを見つけたと言って、お前を湯河原へ呼び出すだろう」


二宮幸次郎は父への復讐心を消し去ることができなかった。二宮は自分にとって兄に当たるやすのりを探すことにした。しかし、どこから手をつければいいか見当がつかなかった。ところがネットで調べてみると、一発でヒットした。その男は有名な人物になっていた。その顔写真を見て驚いた。自分とそっくりではないか。新興宗教法人の教祖、若宮真明。その本名が川崎安徳だった。

自分が貧乏で苦しい生活をしているのに、こいつはインチキ宗教でぼろ儲けしている。この男こそが復讐の相手である。復讐して、教祖の座を奪ってやる。しかし、似ているとはいえ双子とまではいかない。自分のほうが苦労が多いせいか、顔にシワがあって老けて見える。鼻は川崎安徳のほうがやや高い。ただそれ以外はそっくりだった。二宮は消費者ローンから金を借り、整形手術を受けた。二宮はすぐに行動に移った。新興宗教法人『輪廻成長の会』について詳しく調べ、まずは事務局長の高梨に近づいた。高梨はすぐに飛びついてきた。この男は若宮を憎んでおり、二宮を若宮の後釜に据えて、自分が主導権を握ろうとしていた。この男は利用価値がある。二宮は高梨正道を操って、川崎安徳へ復讐しようと決めた。

次に、二宮は若宮に近づいた。若宮の目の前で、自分の姿をわざとさらした。若宮は自分を追いかけてきたが、その場は姿をくらました。それから、高梨から若宮殺人計画を聞いて、それをわざと若宮本人に知らせた。自分は未来から来た若宮の姿であるという嘘を、若宮はすっかり信じたようだった。若宮のほうが先手を握っているのだから、たぶん若宮は高梨を殺すだろう。

若宮が高梨を殺した場合には、高梨を殺した証拠を警察に渡せばいい。若宮は殺人罪で逮捕され、牢獄に入る。そこに若宮二世である自分が出現すれば、自分が教祖になれる。逆に、高梨が若宮を殺した場合には、それを脅迫材料に高梨を操ることができる。どちらに転んでも復讐は完成し、自分は貧乏から脱出できる。二宮は次の土曜日が早く来ることを願った。

6

高梨は湯河原支部で若宮を待っていた。桜井萌美が妊娠していることは一目でわかった。左手の薬指には大きなダイヤモンドの指輪が輝いていた。若宮が桜井萌美と結婚して、すでに子供までできていることを、高梨は初めて知った。だからと言って計画を変更するつもりはなかった。高梨は計画どおりに桜井萌美を買い物に行かせた。後は若宮が来るのを待つだけだった。

若宮が来る予定の1時間前に、高梨との約束を破って、二宮幸次郎も湯河原に到着していた。若宮と高梨のどちらが殺されたとしても、証拠だけは確保する必要がある。あと半日ですべてが終わり、新しい始まりがやってくる。二宮の胸は異常に高鳴っていた。

約束の1時になっても若宮は現れなかった。時間には正確なはずの若宮が来ないことに、高梨は不安を覚えていた。若宮は何か感づいたのだろうか。計画がばれてしまったのではないか。そのとき、高梨の携帯電話が鳴った。若宮からだった。

「ごめん。1時を過ぎてしまった。俺は今支部の裏手の林の中にいる。ちょっと良いアイデアを思いついてね。お前にも聞いてほしいから、こっちに来てくれ」

高梨は走って、別荘の一番奥にある林に向かった。若宮は林の中にいた。こちらに背を向けている。絶好のチャンスだった。高梨は静かに若宮に近づき、後ろから若宮の首に用意していたロープをまきつけると、力の限り絞め上げた。高梨は若宮より一回り背が高かった。若宮は手足をばたつかせて抵抗したが、高梨はロープを握る手を緩めなかった。若宮が地面に崩れ、動かなくなった。それでもしばらくの間、高梨は若宮の首を絞め続けた。若宮のけいれんが止まるのを見届けて、高梨は近くにあったバスケットボール大の岩を拾い、若宮の頭目がけて叩きつけた。鈍い音がして、血が飛び散った。高梨はすぐに準備していたスコップを取り出し、穴を掘り始めた。高梨の体をたくさんの汗が滴った。2メートルの穴を掘り終えると、若宮の死体を穴に蹴り落とした。後は穴を埋めるだけだった。そのとき背中に複数の足音が響いた。振り向くと、そこには三人の警察官が立っていた。

「死体遺棄の現行犯で逮捕する」

わけもわからないまま、高梨は無抵抗でパトカーに乗せられた。

桜井萌美は湯河原の駅前の土産屋にいた。隣には若宮真明が寄り添っていた。二人は楽しげに土産屋のおばさんと話をしていた。通りをパトカーがサイレンを鳴らして通り過ぎた。若宮はチラッとパトカーを見たが、すぐに萌美に話しかけた。

「今夜は二人だけで結婚パーティーを開こう。海沿いにある高級旅館を予約してある。近すぎるかもしれないが、新婚旅行っていうことにしておくか」

萌美は若宮の顔を見上げて笑みを浮かべた。


若宮は高梨だけでなく、探偵も雇ってあの男を調べあげていた。未来の自分が現れるなど、若宮は最初から信じていなかった。若宮は宗教法人の教祖だったが、非現実の世界など一度も信じたことがなかった。男がもう一度自分に会いにくるのはわかっていた。若宮と別れた男を探偵が尾行した。男が自分の腹違いの弟、二宮幸次郎だったことを知り、さらに二宮が高梨と組んで、自分を殺そうとしていることがわかると、若宮はそれを逆手に取る手段を思いついた。高梨に、自分の代わりに二宮を殺させる。そこに警察官を向かわせて、高梨を殺人罪で逮捕させる。

二宮には、高梨に殺される前に自分が高梨を殺すつもりだと話した。そして、自分が高梨を殺したら、すぐに林に行くから、そこで待っているように言っておいた。次に、高梨に自分が林で待っていることを話した。そして10分後に警察に匿名で死体を埋めている男が別荘地にいることを伝えた。パトカーの中でうつむいて座っている高梨の顔が見えたとき、計画がすべてうまくいったことがわかった。これで自分に歯向かおうとしたやつを、二人一度に片づけられたわけだ。若宮の高笑いを、萌美が不思議そうな顔で眺めた。

そんな若宮の姿を、道路反対側の電柱の影から、一人の男が見つめていた。その男の顔は、若宮真明と瓜二つだった。

「本当の自分」殺人事件

1. 山本和義の姓名判断

〈天格〉

・姓の総画数。

・先祖から与えられた天運を表す。

・天格は8画で吉

・勤勉・努力・成功

〈人格〉

・姓の最後と名の第一字を足した画数。

・性格・個性・才能を表す。

・人格は13画で大吉

・円満・名声・人気

・空気を読むのがうまく、頭脳明晰。感受性豊かで芸能方面の才能がある。独占欲が強いが、中心となって物事を解決していくタイプ。

〈地格〉

・名の総画数。

・その人の基本的な部分を表す。

・地格は21画で大吉

・独立・統率力・名誉

・強い意志と行動力があり、体力にも恵まれる。独立心が強く、その自信が周囲からの信頼にもつながる。

〈外格〉

・総格から人格を引いた画数。

・異性・職場・結婚など対外的な要素を表す。

・外格は16画で大吉

・人望・逆転成功・大成

・人望があり、リーダーとして活躍する。目上の人からも協力が得られ、多くの助けを得て成功する。

〈総格〉

・姓名の総画数。

・全体運、生涯運を表す。
・総格は29画で大吉
・厳格・才能・完全主義
・才能に恵まれるが、協調性に欠ける面がある。完全を求めすぎずに、寛容になる必要がある。金運、健康運に恵まれ、時流に乗れば大成する。
〈三才配置〉
・天格、人格、地格の三つの関係を表したもの。
・三才配置は凶
・健康を損ないやすい暗示あり。目下の人間から慕われる魅力を持ち、情熱的で活発な気性で忍耐力を持つが、精神を病みやすくストレスが溜まりやすい傾向にある。

2. 山本和義の日記（抜粋）

２０１７年12月４日

有名漫才師が殺された。名前は山本和義、44歳。吉原企画所属で、相方の前川透とミスターミスターというコンビを組んでいた。関西で冠番組も持っていて、最近では東京にも進出し、テレビのコメンテーターとして、その毒舌ぶりで人気を博していた。死因は刺殺で、ほぼ即死の状態だったという。死亡推定時刻は12月3日早朝だったようだ。新聞配達員が現場を通り、被害者を発見したとテレビでは報道している。

僕の名前は山本和義。そう、殺された漫才師と同姓同名だ。この漫才師は高飛車で、上から目線でものを言うところがあり、あまり好きではなかったが、やはり自分と同じ名前の人間が殺されるのは、気持ちいいものではない。

2017年12月10日

テレビや週刊誌は、相変わらず有名漫才師殺人事件の話題で持ちきりだが、事件の進展状況は思わしくないようで、容疑者さえまだ見つかっていない。一週間が経ち、そろそろマスコミも書くことがなくなってきたらしい。しかし、有名人が殺されると大変だ。山本和義のプライバシーなど誰も守ろうとしない。どうやらテレビ画面で見たとおりの人間だったようだ。事件直後は山本和義は後輩思いで面倒見の良い人だったという若手芸人の声が紹介されていた。しかし、時が経つにつれて、先輩芸人からは礼儀知らずな人間で、先輩芸人を見下す男だったと言われ、さらには暴力を振るわれた何人もの元マネージャーの声や、奴隷扱いされていた弟子の声、「あの人に誘われたら、行きたくなくても行かないと後が恐いから、仕方なしに食事に付き合った」という後輩芸人の声が伝えられた。恨みを買いやすい人物だったようだから、怨恨関係を中心に捜査は進められているらしい。

2017年12月22日

年末も間近になって、有名漫才師殺人事件に新しい展開が現れた。きっかけは熊本県に住むある投稿者のブログだった。内容は約2か月前の10月8日に、熊本市内で山本和義という名前の人物が殺されたというものだった。同じ名前の人間が2か月のあいだに二人も殺されたことで、二つの事件に関係性があるのではないかと訴えていた。このニュースが拡散されると、驚くべき事実が浮かび上がってきた。この5年のあいだに、青森、福島、新潟、滋賀、島根、高知の各県でも山本和義という名前の人物が6人も殺されていたことがわかったのだ。いずれもまだ犯人は捕まっていないらしい。マスコミも『有名漫才師殺人事件』から『山本和義連続殺人事件』と名前を変えて、各社が競ってこの事件を取り上げている。警察も事件に関連性があるかを調べ始めたと新聞には書いてあった。

2017年12月24日

クリスマスイブなのに何の予定もなく、部屋で日記を書いている。やはり『山本和義連続殺人事件』について書いておきたい。漫才師が殺されたときは、ただ同姓同名の人物が殺されただけだったが、それから同姓同名の人物が更に七人も殺害されたとなれば、他人事ではなくなってくる。もし、これらの事件が同一人物の仕業だとして、理由はわからないが日本中を歩き回って、山本和義という名前の人物を殺しているとしたならば、僕自身が殺される可能性もあるわけだ。山本和義がこの日本に何人いるのかはわからない。ありふれた名前だから、それなりの人数はいるだろう。ただ、犯人が捕まるまでは安心できない。しかし、この犯人はなぜ山本和義という名前の人物を殺し回っているのだろうか。世の中には数えきれないほどの名字と名前があるはずなのに、なんでよりによって僕は山本和義だったのか。運が悪いとしか言いようがない。

２０１８年３月23日

日本中が大騒ぎになったせいか、山本和義連続殺人犯は約３か月おとなしくしていたようだが、昨日９件目の事件が起きてしまった。場所は鹿児島県。今までと同じく刺殺だった。マスコミは待ってましたとばかりに、このニュースを取り上げた。マスコミの連中というのもハイエナみたいな人種で、人の死をエサに生活しているようだ。

それにしても日本の警察の優秀さは今や昔の話となってしまったのか。自分の身は自分で守るしかない。でも一人では心もとない。僕はブログを通じて、全国の山本和義さんに情報交換しないかと呼びかけることにした。

2018年3月30日

さっそく三人の山本和義さんから返答があった。やはり、みんな今回の事件に不安を感じているのだろう。そのうちの一人が面白い推理を披露していた。ある海外ミステリー小説からひらめいたそうだが、犯人はある一人の山本和義を殺したかったのではないかと言うのだ。その一人だけを殺したのでは、自分に容疑がかかるのが目に見えているので、他の山本和義を殺し回っている。なるほど鋭い推理だと思う。有名漫才師の山本和義が殺されて、全国に『山本和義連続殺人事件』をアピールできたのだから、この推理が正しければ、犯人の意図は成功していることになる。ただし、それならば、なぜ全国区である漫才師をもっと早く殺さなかったのかという疑問も残る。あの事件がなければ、『山本和義連続殺人事件』は、それぞれ個別の事件として地元の警察で扱われただろう。そうなれば、この事件がこんなに有名になる前に、犯人は捕まってしまった可能性もあったわけだ。

2018年4月4日

ブログでの呼びかけに、さらに31名の山本和義さんが参加してくれた。その中の一人から、新たな推理が出された。犯人は電話帳から山本和義を探しているのではないか、と言うのだ。しかし、今どき電話帳に登録している人などいるのだろうか。今や個人情報の時代である。僕などはこの推理を聞くまで、電話帳というものの存在自体が頭の中から消えていた。でも、犯人は電話帳に載っている山本和義に電話をかけ、もしつながれば山本和義の存在を確認できるわけだ。犯人にはありがたいことに、なんと昔の電話帳には住所まで記載されていた。今ではとても信じられない。この推理が正しければ、犯人は事件を起こす前に電話をかけなければならない。不審な電話があったら、すぐに警察に連絡するよう、全国の山本和義さんに呼びかけよう。

でも、もし犯人が電話帳で山本和義を探しているのならば、電話帳に載せていない僕は殺されないで済みそうだ。この推理が正しいことを祈る。

2018年5月3日

一人の山本和義さんから、一度東京近郊の人たちだけでも集まって、情報交換しようではないかという提案があった。あまり気乗りはしなかったが、ブログで呼びかけた張本人である僕が欠席するわけにもいかず、仕方なく出かけた。指定の新宿の居酒屋には、僕を含めて合計七人の山本和義が集まった。そのうちの73歳の東京都在住のおじいさんが、電話帳の推理を披露した本人であることを話してくれた。このおじいさんも昔、電話帳に登録していたそうで、今回の事件に怯えていた。とにかく何か不審な点があったら、お互いに連絡しあおうということになり、連絡先を交換した。事件について参考になる話はまったく出なかった。まったく無駄な時間だった。

家に帰って、この事件について僕なりに考えてみた。もしかしたら犯人にとって恨む相手の情報は名前しかないのではないか。なんらかの問題が起き、犯人やその家族、または恋人でもいい、大切な人が殺されて、犯人が山本和義だということしかわからないのではないか。例えば、恋人から「山本和義という男に乱暴された」というメッセージを残して自殺されてしまったとか。

ただ、それならば少しは地域も特定しているはずで、日本全国にいる山本和義を殺すのは、あまり意味がないようにも思える。恋人を失って理性が崩壊してしまった可能性もあるにはあるが。

２０１８年6月20日

先月会って連絡先を交換したメンバーの一人、埼玉県在住の山本和義さんが殺された。荒川の河川敷で発見されたらしい。手口は一緒で、警察では同一犯だと推理しているようだ。今までは同姓同名の山本和義とはいえまったく面識もなかったので、どこかフィクションの世界の話のような気がしていたが、やはり一回でも会ったことのある山本和義が殺されたことで、この事件はより身近なものになった。埼玉の山本さんは電話帳に登録していないと言っていた。ということは、犯人が電話帳から山本和義を探していたという推理は誤りだったことになる。それならば僕だって被害者予備軍の一人となる。犯人は鹿児島の次に埼玉に来た。もしかしたら今、東京に住んでいる僕の近くに犯人がいるかもしれないのだ。そう思うと不安で不安でたまらない。早く犯人を捕まえてほしい。

２０１８年9月15日

昨日、東京都在住のおじいさんが殺された。また、この前の会合のメンバーで、例の電話帳説のおじいさんだ。実はあの会合の後、僕は何度もこのおじいさんと会っていた。仕事を引退して、時間が余っているせいか、一人暮らしだったおじいさんはよく僕を家に呼んでくれた。おじいさんは僕を息子のように可愛がってくれたし、僕の人生相談にも親身になって応えてくれた。だから、今回の事件には大きなショックを受けている。怪しいことがあれば連絡してくれることになっていたが、僕には何も連絡がなかった。何もできなかった自分が不甲斐ない。

２０１８年10月９日

今度は茨城県で事件は起こった。これでとうとう12件目になる。警察はいったい何をやっているのか。いったい何人の山本和義が死ねば犯人を捕まえられるのだろうか。このままでは全国の山本和義が殺されてしまう。もちろん、その中には僕も含まれている。

２０１８年10月30日

茨城県の事件で初めて目撃者が現れたと、テレビのニュースが報道していた。似顔絵も公開された。驚いたことに、その似顔絵は僕にそっくりだった。

僕の日記は今日で終わりにする。今までフォローしてくれた皆様に感謝する。

3．山本和義の新聞記事

『山本和義連続殺人事件の犯人は山本和義だった！』

２０１８年11月10日早朝、東京都江東区在住の山本和義さん（42歳）が、自宅マンション駐車場で遺体となって発見された。散歩していた近所の人からの通報を受け、警察が調べたところ、マンションの駐車場に血だらけになった人が倒れており、そのマンションに住む山本さんと確認された。マンションの屋上には靴が並べられており、争った形跡もないことから、警察では自殺したと見て捜査している。山本さんの自宅からは遺書が発見されており、そこには世間を騒がせた『山本和義連続殺人事件』の犯人は自分だと書かれていた、と深川警察署は発表している。

『山本和義連続殺人事件』とは、２０１２年7月5日に福島県の山本和義さんが殺されてから、先月8日茨城県の山本和義さんが殺されるまで、全国12件に及び山本和義という名前の人物が殺害された事件を言う。その中には、人気漫才コンビ、ミスターミスターの山本和義さんも含まれていた。警察では遺書の内容を分析し、山本容疑者の動機を解明することにしている。

4．山本和義の遺書

約8年間にわたる自分探しの旅を終えることにした。42年間の人生に自ら幕をおろそうと思う。なぜだかわからないが、誕生日に死ぬことに昔からあこがれを抱いていた。だから今日、11月10日、僕の42歳の誕生日を選ぶことにした。

思えば42年間、何もいいことがなかった。両親にも恵まれず、友達にも恵まれず、恋人にも恵まれることはなかった。夢や希望など持ったことがなかった。どうせ叶うはずのない希望は、絶望に変わるだけだ。絶望するための希望など、僕はいらなかった。自分は何のために生まれてきたのだろうか。生まれてきた意味を自分に問い続けてきたが、結局最後まで答は出せなかった。

両親は僕が3歳のときに離婚した。僕は母に引き取られた。父の顔はまったく記憶がない。父を怨んでいた母親は、父の遺伝子を持つ僕のことも憎んだ。僕は怨みを晴らすための母の道具だった。少しでも話しかけると、「うるさい」と言われて頭を叩かれた。逆に黙っていれば黙っていたで「お前は暗すぎる」と言って殴られた。母は自分の思いどおりにならないと、真冬でも裸足で外に立たせた。一日中押入に閉じ込められ、何も食べさせてもらえないことも多々あった。家ではいつも怯えていた。母に叩かれないこと、それが僕の生き方の指針になっていた。

幼稚園、小学校と、僕は友達を作れないでいた。僕にとって人間関係は恐ろしいものだった。小学校中学年になると、クラスでいじめられるようになった。泣いて家に帰ると、「男のくせに情けない」と言われて、また叩かれた。それでも僕には家に帰ることしかできなかった。たまに母は笑顔を見せることがあった。僕はどうすれば母の機嫌がよくなるのかを、いつも考えていた。

中学生のとき、ネットの姓名判断を試してみた。山本和義という名前は非常に良い名前だった。勤勉で頭脳明晰。強い意志と行動力があり、人望も厚く、リーダーとして大成すると書かれていた。あまりにも今の自分とかけ離れていると思った。姓名判断の山本和義とここにいる僕、山本和義とのあいだに共通点は皆無だった。自分が惨めだった。僕は完全に僕を見失っていた。

高校生、大学生になっても、親しいと呼べる友達は一人もおらず、もちろん女性と付き合うこともなかった。大学四年生になり、まわりのクラスメートの就職先が決まっていくなか、僕は何をすればいいのか、まったくわからなかった。「お前は公務員向きだ」と母から言われ、それを信じ、地元の区役所に就職した。しかし区役所でも孤独だった。定時に仕事を終え、そのまま家に帰る毎日の繰り返しだった。こんな人生なら早く終わりにして楽になりたい、そんなことばかり考えていた。僕はこの世に生まれてきてはいけない人間だった。

僕の人生に転機が訪れたのは、２０１１年3月11日の東日本大震災だった。あの日テレビで、車や家が津波に流されるのを呆然と見ていた。それからは毎日、テレビで地震と津波の新情報が流された。死者は日々増加し、一万人を超えた。あのとき僕は、地震や津波で死んでいった人たちが羨ましかった。あの頃僕は自殺ばかり考えていた。なぜ自殺しなかったのかを今考えてみると、やはり負け犬のままで人生を終わりたくないという、ある種のプライドがそれを許さなかったのだろう。自分みたいな人間にもプライドがあるというこことが少しおかしかった。自然災害によって死ねば、自分のプライドを傷つけずにすむし、世間から同情もされるだろう。一万人の中の一人としてでも注目してもらえる、それが羨ましかった。

ところが、亡くなった方の家族の痛ましい姿や言葉をテレビを通して知るうちに、自然に涙が出てきた。涙は止めようとしてもなかなか止まってくれなかった。僕の中の意識が大きく変わった。生きたくても生きられなかった人たちがいて、その人たちを助けられずに悔やんでいる人たちが大勢いる。人間生まれてきたからには、やはり生きなければいけないと思うようになった。それがあの地震と津波で亡くなった人たちの供養にもなるのではないかと思うようになった。僕は生まれ変わる決心をした。そして「本当の自分」を探すことにした。

僕は母の反対を押しきり、役所を辞めて、日本全国を回ることを決めた。今まで何もしていなかったから貯金はあった。退職金も思っていた以上にもらえた。人生の再出発に必要なお金は持っていた。母からの解放なくして、僕が僕を生きる道はない。あの頃流行っていた「自分探しの旅」だ。日本中を回り、本当の自分を見つけるつもりだった。「本当の自分」とは、中学生のときに見た姓名判断の山本和義だ。本当の僕は勤勉で努力家のはずだ。才能にも恵まれて成功する。リーダーとして上からも下からも慕われる。自分に自信を持ち、まわりのみんなからも信頼される。時流に乗れば金運にも健康運にも恵まれる。「本当の自分」はそんな可能性を持っている。まさに逆転成功の人生が待っている。名前がそれを証明している。それが心強かった。

最初の宿泊地は福島を選んだ。あえて原発事故で今後どうなるのかわからない福島を選んだのは、たぶん自分を変えるには、外部の大きな力が必要だと感じていたからかもしれない。必死に生きる人たちのその気力が欲しかった。ビジネスホテルの一室に落ち着いたが、僕は何から手をつけていいのかわからなかった。それでも僕は、姓名判断の山本和義こそ本当の僕だと信じていた。とりあえず行動さえしていればチャンスは向こうからやってくると思った。焦りはなかった。

夜食を食べに町に出た。新しい人生の出発を祝って、一杯飲みたかった。僕は一軒の居酒屋に入った。日本酒を傾けながら食事していると、隣の酔っぱらいが話しかけてきた。僕は気分も高ぶっていたので、その男の愚痴を聞いてあげた。酒で身を崩し、女房子供に愛想を尽かされた。それからはさらに酒に溺れる日々となり、会社を首になった。今では簡易旅館に住み、生活保護で生活している。その生活保護費もほとんど酒に費やしていると言う。人間のクズと言っていい男だった。僕はかわいそうになって、男の酒代を払ってやることにした。男は涙を流して喜び、自己紹介した。聞いてびっくりした。なんと名前は僕と同じ、山本和義だった。クズ男が同姓同名だったことに衝撃を受けた。山本和義という名前を持ったからには、本当の山本和義でなければならない。こんな奴に山本和義を名乗る資格などない。僕は命を懸けて自分を変え、姓名判断どおりの山本和義になろうとしているのだ。山本和義はこんな人生の負け犬であってはならない。この男は山本和義であってはいけないのだ。僕はこの男、山本和義を殺すことにした。

次の店もご馳走すると誘って店を出た。リュックには学生時代に自殺しようと思って買ったサバイバルナイフが入っていた。誰もいない路地に連れ込み、男をサバイバルナイフで何度も刺した。血が吹き出し、倒れていく男を見て、自分が目標に向かって一歩前進できた気がした。福島を選び、見知らぬ一軒の居酒屋に入り、同姓同名の男と出会ったのは運命だったのだ。神の導きだったのだ。

この出来事は大きな目標だけで何をしていいかわからなかった僕に、その目標を達成するための手段を提供した。もしかしたら、この世の中には、僕が本当の山本和義になるのを邪魔する山本和義が、まだたくさんいるのではないか。そいつらがいる限り、僕は自分の目標を達成できない。僕は日本中にいる偽者の山本和義を殺そうと決意した。

問題はどうやって全国にいる山本和義を見つけるかだった。最初は行き当たりばったりだったので、青森県での第二の犯行までに半年を要してしまった。そのうち電話ボックスを探すようになった。ボックスの中に置かれた電話帳で調べることにしたのだ。東京ではあまり見ることがなくなった電話ボックスも地方都市の駅前にはまだ残っていた。おかげで、その後の新潟、滋賀、島根と容易に山本和義を見つけることができた。

この頃から一つの考えが芽生えた。同姓同名の有名人である漫才師の山本和義に対する殺意である。この男こそ姓名判断の山本和義の生き方をしている人物に思えた。「空気を読むのがうまく、頭脳明晰。感受性豊かで芸能方面の才能がある」、「金運、健康運に恵まれ、時流に乗れば大成する」。僕はこの男がいる限り、自分は本当の山本和義になれないと思った。高知、熊本で仕事を終えると、僕は次のターゲットを漫才師山本和義に設定し、大阪へと向かった。

なんば花月のサイトを見ると、ミスターミスターは12月1日からの公演に出演することがわかった。ミスターミスターの山本はよく後輩の芸人連中を従えて、飲みに行くことがあると、テレビでも言っていた。僕はその帰り道を狙って実行しようと思った。公演終了後、若い芸人たちを引き連れた山本和義の後をつけた。居酒屋からスナックへ、そして焼肉屋へと続き、最後の焼肉屋を出たのは、日が変わった3日の午前1時を過ぎたあたりだった。みんなと別れて一人になった山本が人通りのない細い道に入った。「ミスターミスターの山本さんですよね」と声をかけると、「おう」と言って振り返り、真っ赤な顔に笑みを浮かべて僕を見た。たぶん僕がナイフを持っていたことに気づいていなかったのだろう。僕が体ごとぶつかって、包丁が腹に刺さるまで、その笑顔は消えなかった。それが驚いた表情に変わり、次に痛みに顔をしかめた。僕は何度も腹を刺した。山本が崩れ落ちて、地面に血が広がった。死んでいるのは間違いなかった。これで明日からは僕が本当の山本和義になれる。そう思っただけで体中に鳥肌が立った。

大阪を離れて、九州に向かった。翌日は、やはりミスターミスターの山本和義殺人事件のニュースで持ちきりだった。僕は泊まっていたビジネスホテルで、新聞全紙に目を通し、テレビで流れる事件のニュースにも目をやった。自分が神になったような気がした。今まで自分に自信が持てなかったのが嘘のようだった。僕は自分が本当の僕に近づいているのがわかった。

僕の今までの行動が全国区で知られるようになった。山本和義連続殺人事件のニュースを見ない日はなかった。この展開は予想外だった。ここまで事件が大きく報道されては、他の山本和義が警戒してしまう。どうしても行動を起こしにくくなるだろう。僕はほとぼりが覚めるまで、次の仕事を控えることにした。しかし、そのあいだも山本和義探しは続けていた。

3か月後には鹿児島県にいた。そろそろ次の行動に取りかかっていいと思った。次のターゲットはすでに決めていた。ボロアパートに一人で住んでいるようで、毎日夜遅くまで飲み歩いているのは調査済みだった。飲み屋から出てきた後を尾行した。男は家に向かって、ふらつきながら歩いていた。気づかれないように歩いていたつもりだったが、男は突然振り向くと、僕を見て、「わあー」と叫んで走り出した。僕は後を追いかけ、背中に包丁を突き刺した。血が吹き出した。誰かが叫び声を聞いていた可能性もあったので、僕は急いでその場を立ち去った。

世の中の山本和義は相当怯えている。鹿児島の男も僕を一目見ただけで逃げ出した。これからの行動が起こしにくくなる。そう思って、僕は新しい山本和義探しの方法を考え出した。こちらから山本和義を集めてしまえばいいのだ。僕は全国の山本和義に向けて、情報交換しないかとブログで呼びかけた。一週間に三人の山本和義から連絡があった。10日後には三十一人の山本和義が集まった。この中から次の相手を選ぶだけでいい。僕は頭が良くなった。山本和義の才能が芽生えてきたのだ。

ブログで集まったうちの一人が、東京近郊の人たちだけでも集まらないかと提案し、ゴールデンウィークに会うことになった。直接会えば、お互いに信頼感が生まれる。そうなれば次の仕事がやりやすくなる。僕にとってはありがたい提案だった。僕以外に六人の山本和義が集まった。埼玉県和光市から来たという同年代の男と意気投合した。もちろん相手が意気投合したと思っているだけで、僕は相手に合わせただけだった。次のターゲットに選ばれたことも知らないで、彼は僕を信頼してくれたようだ。もう一人、都内練馬区に住む73歳のおじいちゃんとも仲良くなった。父親を知らない自分にとっては、頼りがいのある人生の先輩に思えた。「今度、うちに遊びに来なさい」と言って、僕に住所まで教えてくれた。

埼玉の男を殺すのは簡単だった。飲みに誘って、帰りに川の土手を二人で歩いた。時間はもう遅く、人っ子ひとり歩いていなかった。僕は彼を川岸まで誘い、隠し持っていたナイフで彼を刺した。彼はうーんとうめき声をあげ、僕に寄りかかってきた。僕は力任せに彼を突き放した。彼が川に落ちる音が響いた。僕はナイフと着ていたTシャツを川の水で洗い、その場を後にした。

おじいちゃんの家には毎週のように顔を出した。おじいちゃんは山本和義を名乗るのにふさわしい人徳者だった。僕に具体的な目標ができた。このおじいちゃんみたいな山本和義になりたいと思った。

ある日、お酒を飲みながら、僕は将来の夢をおじいちゃんに聞かれた。僕は小さい頃の不幸な時代から、東日本大震災の経験で生まれ変わろうとしたこと、姓名判断のとおりの山本和義になることが夢であること、今はおじいちゃんのようになることが夢だということを話した。そして、おじいちゃんのような本当の山本和義がこの世の中には少なく、生きていても仕方ない山本和義が大勢いること、だから僕はクズの山本和義を何人も殺したことを告白した。それは、僕が本当の山本和義になるためには絶対に必要なことであり、僕はこの仕事をすることで夢に近づいていることも話した。僕はおじいちゃんを信頼していたし、おじいちゃんにも僕の気持ちをわかってもらえるはずだった。しかし、おじいちゃんは僕の言葉に凍りつき、とんでもないことをしたと、僕を非難した。おじいちゃんは僕に自首を勧めた。今夜はこの家に泊まって、明日の朝、一緒に警察署に行こう、とおじいちゃんは言った。

次の日の朝、僕は布団の中で血だらけになっているおじいちゃんに最後の別れを告げて、練馬区の家を出た。

それからの僕は自分を見失っていた。父親のように尊敬していたおじいちゃんを殺したことに、まったく意味を見出せなかった。おじいちゃんはクズの山本和義ではなく、山本和義の見本とも言える人だった。そんな人を殺していいわけがない。それなのに僕は、自分の夢が叶わなくなる恐怖に耐えきれず、おじいちゃんを殺してしまった。言い訳することもできなかった。僕は自分が殺してきたクズたちと自分自身との違いは何か考えてみた。結論は、僕も奴らと同じクズだったということだ。

何をしていいかわからないままに、茨城県取手市の山本和義を殺した。注意力が散漫になっていたせいか、殺人現場を目撃されてしまった。僕には山本和義しか殺せなかった。ただその場に居合わせただけの見ず知らずの若い女性を殺すことなどできるわけがなかった。僕は近くにあった自転車を盗んで逃げた。

テレビで僕の似顔絵が公開された。あの女性が警察に伝えたのだろう。しかし、別に彼女を怨んではいない。それよりも、殺人現場を目撃してしまうという酷い体験をさせてしまったことを謝りたい気分だった。

僕の自分探しの旅は中途半端に終わってしまった。結局僕は、本当の自分になれなかった。おじいちゃんを殺した時点で、すでに僕の旅は終わったと言えよう。僕は自分の人生に自らピリオドを打つつもりだ。生まれたくて生まれてきたわけでもない人生で、母親から、社会から疎まれ、生まれて初めて自分で自分を変える行動を起こし、それに失敗した。最後の最後だけは自分の意志と行動でケリをつけたいと思う。僕が死んでも悲しむ人など一人もいない。心置きなく死ねるというものだ。ネットでもう一度、山本和義の姓名判断を見た。その最後には、「精神を病みやすくストレスが溜まりやすい傾向にある」と書かれていた。山本和義も完璧な人間ではなかったということだ。

僕はこれから、マンションの屋上に向かう。8階建てだから、生き残る確率はほぼゼロだろう。

最後に、マンションから飛び降りて、もしも僕が空を飛べるようになっていたとしたら、もう一度生きてみてもいいかな、と思う。

著者紹介

水木　三甫（みずき みつほ）

一九六三年、東京都生まれ。慶應義塾大学商学部卒。学生時代からO・ヘンリーやサキ、ロアルド・ダール、スタンリイ・エリン、阿刀田高など短編小説に親しみ、自分でも同じようなものを書いてみたいと思いつき、五十歳になって小説を書き始める。「奇妙な味」的な小説を目指して書いた初めての短編集。

「本当《ほんとう》の自分《じぶん》」殺人事件《さつじんじけん》

2021年10月12日　第１刷発行

著　者　　水木　三甫
発行人　　久保田貴幸

発行元　　株式会社 幻冬舎メディアコンサルティング
〒151-0051　東京都渋谷区千駄ヶ谷4-9-7
電話　03-5411-6440（編集）

発売元　　株式会社 幻冬舎
〒151-0051　東京都渋谷区千駄ヶ谷4-9-7
電話　03-5411-6222（営業）

印刷・製本　　シナジーコミュニケーションズ株式会社
装　丁　　山科友佳莉

検印廃止

Printed in Japan
ISBN 978-4-344-93734-5　C0093
幻冬舎メディアコンサルティングＨＰ
http://www.gentosha-mc.com/